나는
오늘도
하드보일드를
읽는다

김봉석의
하드보일드소설 탐험

vol. 2

나는 오늘도 하드보일드를 읽는다

hARdBOILEd
fICtION

예담

하드보일드는
애티튜드다

이 세상이 천국과 지옥 중 어느 쪽에 더 가까울까? 하고 묻는다면 나는 지체 없이 후자라고 답할 것이다. 지옥까지는 아니어도 연옥 정도는 되지 않을까 싶다. 성악설을 믿는 것은 아니지만, 인간의 악함을 단속하고 싶어 우리 스스로 인간성이라는 개념을 만들어낸 것은 아닐까, 라는 생각도 든다. 선한 인간을 지향해야만 세상이 나아질 것이라고 생각하여.

나는 비관적인 세계관을 가지고 있다. 이 세상은 끔찍하고 잔인하다. 아마도 우리는 이 세상을 바꿀 수 없을 것이라고 생각한다. 하지만 또한 생각한다. 그렇기에 우리가 해야 할 무엇인가가 있지 않을까. 개인으로서 나란 존재가 해야만 하는 무엇이 있지 않을까. 일단은 나라는 존재를 지켜나가는 것. 쉽게 타협하지 않고, 뭔가에 도취

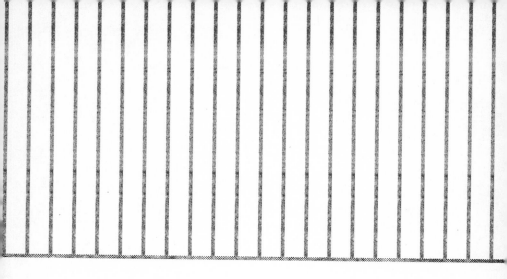

하지 않고 자신의 길을 꾸준하게 나아가는 것. 허망한 이데올로기나 집단의식에 중독되어 달려가는 것이 아니라 꾸준하게 자신의 심연을 바라보며 걸어가는 것. 아무도 돌아보지 않더라도, 자신의 호흡을 견지하며 천천히.

얼마 전 류승완 감독의 〈베테랑〉을 봤다. 류승완 감독의 밑바닥 근성을 좋아한다. 확 질러버리고 막 나가버리는 태도를 좋아한다. 사건을 덮으려는 동료 형사에게 주인공이 말한다. "쪽팔리지 않냐?" 경찰에게는 최소한의 자존심이 있다. 이런저런 잘못을 저지를 수 있고, 한심하게 굴 수도 있지만 그래도 무조건 지켜야 하는 선이 있다. 적어도 권력과 돈에 빌붙는, 쪽팔리는 짓은 하지 말자. 그러지 않아도 살아갈 수는 있지 않냐. 그런 거다. 권력과 돈을 당장 뒤엎어버릴 힘

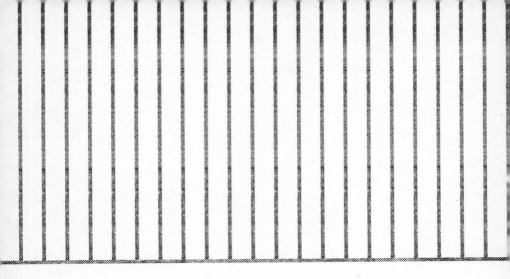

은 전혀 없지만 그렇다고 거기에 빌붙어 굽실대지는 말자는 것.

이 책의 1권 격인 『하드보일드는 나의 힘』을 낼 때는 '하드보일드'에 특히 초점을 맞췄다. 조금 어긋나는 소설도 있었지만 되도록 그런 지점에 맞춰 이야기를 하려고 했다. 그때도 지금도 하드보일드는 일종의 애티튜드, 태도라고 생각한다. 세상에 대해 가지고 있는 생각을 행동으로 보여주는 것. 내가 진리를 알고 있다며 마구 판결을 내리는 것이 아니라 일단 물러나서 지켜보는 것. 최대한 신중하게 사건의 앞과 뒤, 이면의 이야기들을 들여다보는 것. 어딘가에 빌붙거나 편들지 않고 자신의 자리를 지키는 것. 결국은 '태도가 모든 것을 결정한다'고 나는 생각한다.

이 책을 내게 된 것은 행운이고 우연이었다. 이 책에 실린 원고들

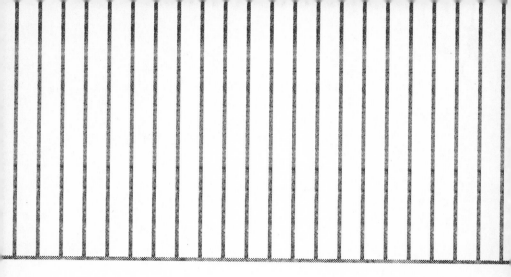

은 계획을 잡고 체계적으로 쓴 것은 아니다. 꼭 하드보일드에만 초점을 맞춘 것도 아니고, 하고 싶은 말들을 안배하지도 않았다.『하드보일드는 나의 힘』을 내고도 범죄소설 서평 연재를 계속하게 되어서 쓴 원고들이다. 고맙게도 다음 권을 내자는 연락이 왔고, 기꺼이 응했다. 이유는 하나. 더 많은 독자들이 더 많이 범죄소설을 읽어줬으면 좋겠다는 생각이다. 조금이라도 도움이 될 수 있다면 충분하다.

　언제나 생각한다. 범죄는 그 시대를, 그 순간을 살아가는 인간의 마음을 읽기에 가장 좋은 재료라고. 범죄를 통해서 언제나 서로를 죽여왔던 인간의 깊숙한 내면을 들여다볼 수 있다. 범죄란 가장 흥미진진한 이 시대의 축소판이니까.

프롤로그 하드보일드는 애티튜드다 | 4

1

어느 날 사회가
나를 버렸다

{ 체제와 맞서는 인간의 몸부림 }

2

안전지대 없는 삶,
혼자서 살아남아야 한다

{ 주어진 운명 극복하기 }

3

세상에
정상인이 없다

{ 사이코패스 만드는 사회 }

당당하게
악과 맞서라

{ 따로 또 같이 살아남기 }

5

그래도 잊지 말자
계속 살아가야 한다는 것을

{ 현실을 끌어안고 미래로 }

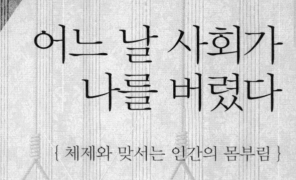

어느 날 사회가 나를 버렸다

{ 체제와 맞서는 인간의 몸부림 }

인간은 자연에서 살아남기 위해 집단을 만들고, 사회를 만들었다. 그런데 집단과 조직은 만들어지고 시간이 흐르면 인간의 의지와 상관없이 스스로 굴러간다. 때로는 애초의 목적을 향해서 굴러가는 게 아니라 단지 집단과 조직의 생존과 번영만을 추구한다. 그 안에 있는 사람들이 어떻게 되건 말건. 자본주의도, 사회주의도 마찬가지다. 잘 알고 있지만, 도망칠 곳은 없다. 완벽한 이방인으로 살아가는 방법은 존재하지 않는다. 그러니까 그 체제 안에서, 자신이 할 수 있는 일을 한다. 그것이 나를 버린 사회에게 복수하는 길이다.

조직 안의
인간 군상

『64』
요코야마 히데오

지방신문 기자 출신인 요코야마 히데오는 경찰과 언론사에 소속된 '조직의 인간'을 기막히게 그려낸다. 시민을 보호하고 범죄자를 사냥하는 경찰이라는 조직은 어떻게 움직이는가. 정의감과 헌신으로 움직여야 하는 경찰 조직 안에도 지저분한 이전투구와 정치 싸움이 있고, 노골적인 시기와 질투도 있다. 전작인 『클라이머즈 하이』에서는 특종을 둘러싼 기자들의 모습을 통해 '보도'의 맨얼굴을 치밀하게 파고든다. 냉정한 시선이지만 요코야마 히데오는 너그럽다. 어떤 종류의 인간을 그릴 때도 연민을 잃지 않는다. 조직 안에는 망가지는 사람도 있고, 철면피가 되어 모든 이를 물어뜯으며 살아가는 인간도 있고, 자신의 길을 꾸준하게 걸어가는 사람도 있다. 그 모두를 요코야마는 '조직'이라는 틀을 통해서 바라본다. 그들이 왜 그렇게 살아가는지를, 왜 그렇게 망가져가야 하는지를.

『64』는 한때 투병 중이라는 소문이 돌기도 했던 요코야마 히데오가 10여 년 만에 발표한 대작이다. 일선 형사로 뼈가 굵은 미카미는 D현경의 홍보담당관으로 일하고 있다. 홍보담당관은 미카미가 결코 원치 않았던, 아니 형사라면 누구나 피하고 싶은 일이었다. 경찰 조직의 노른자위는 경무부가 차지하고 있다. 경무부는 인사권을 가지고 있고, 상층과 가까워지는 출셋길도 열려 있다. 경무부에서 승진하다 보면 형사부장도 언젠가는 반드시 맡게 된다. 하지만 경찰 조직의 중심은 형사다. 오로지 범인을 잡는 것으로만 자신의 가치를 증명할 수 있는 형사들. 그들에게는 그들만의 룰이 있고, 그들만의 프라이드가 있다. 어디까지나 경찰은 범인을 잡고 사건을 해결하는 조직이다.

지금 미카미는 구석으로 몰려 있다. 딸인 아유미가 가출하여 행방을 찾지 못하고 있다. 아내는 딸에게 전화가 걸려올지도 모른다며 집 밖으로 나가지도 않는다. 처음 홍보담당관이 되었을 때에는 형사의 긍지를 잃지 않고, 정정당당하게 소신대로 일하겠다고 생각했다. 하지만 아유미를 찾기 위해 상사에게 도움을 받았을 때부터 미카미는 자신이 '경무부의 개'가 되었음을 알았다.

복종을 거부해온 지방 총경이 함락되는 순간을 놓치지 않겠다는 듯 금테 안경 너머의 눈이 미카미를 뚫어져라 바라보았다. 몸속 깊은 곳에서 전율이 일었다. 약점을 잡혔음을 깨달았다.

상부에서는 곧 경찰청장이 D현을 시찰할 예정이니 기자 회견을 준비하라고 지시한다. 그런데 회견 장소가 경찰 내부에서 '64'라고 부르는 미해결 유괴사건의 현장이다. 쇼와 64년(1989년)에 아마미야 쇼코라는 소녀가 유괴·살해되었다. 대규모 수사를 벌였지만, 유괴범의 흔적조차 찾지 못했다. D현경만이 아니라 전체 경찰로서도 치욕적인 사건이었다. 그런데 시효 만료를 1년 앞두고 경찰청장이 찾아와 쇼코의 집에서 기자 회견을 하겠다고 말한다.

미카미는 기자 회견의 진짜 목적이 무엇인지 알아내려고 경무부는 물론 형사부까지 쫓아다니며 고군분투하지만 겨우 알아낸 것은 당시 쇼코의 집에서 범인의 전화를 기다리던 고다 형사가 남긴 메모가 있다는 사실뿐이다. 그 메모의 내용을 알아내기 위해 경무부의 핵심 인물인 후타와타리가 여기저기 쑤시고 다니는 중이고 형사부는 '고다 메모'를 숨기려 안간힘을 쓴다는 것.

『64』는 경찰 내부의 숨 막히는 권력 투쟁을 그려낸다. 현장에서 뛰는 형사부와 조직을 관리하는 경무부의 헤게모니 싸움. 미카미는 그 중간에 홀로 서서, 양쪽 모두에게 박쥐라고 비난받으며 좌충우돌한다. 게다가 딸의 실종이라는 개인적인 치명상도 이미 입은 상태다. 경찰청장의 회견을 허락받기 위해 쇼코의 아버지인 아마미야를 몇 번이나 찾아간 미카미는 천신만고 끝에 승낙을 받는다. 승낙에는 이유가 있었다. "아마미야가 빼앗긴 것은 감각이나 관념이 아니었다. 살아 있는 사랑스러운 딸을 잃었다." 미카미가 그것을 깨달은 것은 딸이 사라진 자신의 처지가 그랬기 때문이다. 미카미는 아마미야를 이해했고 아마미야도 알고 있었다.

미카미에게는 또 다른 문제도 있다. 상부에서 최근 일어난 교통사고의 가해자를 익명으로 발표하라는 지시가 내려온다. 기자단은 당연히 반발한다. 상부의 명령을 어길 수도 없고 기자단을 적으로 돌릴 수도 없는 상황에서 미카미는 해결책을 찾아야만 한다.

위태로운 상황에서 '64'를 둘러싸고 경무부와 형사부가 극한 대립을 보이고, 그들은 각자의 이익을 위해 기자들을 이용하기 시작한다. 미카미는 그 누구도 믿을 수 없는 고립무원 상태에 놓이게 된다. 요코야마 히데오의 전작들처럼 『64』도 조직 내부의 이야기를 흥미진진하게, 그리고 가슴 아프게 풀어낸다.

과연 청장 시찰의 진짜 목적은 무엇일까? 형사부가 감춘 고다 메모의 실체는 무엇일까? 경무부와 형사부의 대립이 극한까지 치달은 상황에서 『64』는 거대한 반전을 만들어낸다. 새로운 유괴사건이 발생하는 것이다.

처음에는 『64』를 읽으면서, 과거의 사건을 중심에 두고 현재 벌어지는 경찰 내부의 이야기라고 생각했다. '조직의 인간을 박진감 넘치게 그려 바닥까지 파헤치는 소설이구나'라고. 그런데 과거의 '64' 사건을 모방한 것처럼 보이는 새로운 유괴사건이 등장하면서 『64』는 상상도 못 한 방향으로 치닫는다. 이 사건의 등장은 『64』가 단지 인간 드라마일 뿐 아니라 치밀하고 섬세한 범죄 미스터리임을 분명하게 규정한다. 새로운 유괴사건은 그저 주어진 상황을 바꾸는 역할만 하는 것이 아니다. 이전까지 서술된 경찰 내부 권력 투쟁의 핵심 요소는 모두 새 유괴사건을 둘러싸고 있으며 이 사건은 미래를 전부 바꾸는 파괴력을 지니고 있다. 유괴사건의 본질과 목적, 경찰의 대응과 내부의 갈등 그리고 미카미의 선택까지 모든 것이 얽혀들면서 『64』는 상상을 뛰어넘는 결말을 드러낸다.

『64』는 요코야마 히데오의 최고작이라고 부를 만한 스케일을 가지고 있다. 그는 전작에서도 그려낸 '조직의 인간'을 미카미라는 캐릭터를 통해 탁월하게 묘사한다. 그리고 소설의 모든 요소가 하나의 지점을 향해 맹렬하게 달려간다. 마지막에 치밀한 복선과 관계가 드러나면 나도 모르게 한숨을 쉬게 된다. 드디어 끝났구나, 모든 것이 이 순간을 위해 불타올랐구나, 라는 생각이 든다. 요코야마는 너그럽다. 그러면서도 무조건 낙관적이거나 모든 것을 신파로 처리하지 않는 엄정한 눈이 있다. 『64』는 모든 이들을 부드러운 시선으로 하나하나 지켜보고 그려내면서도 '현실'을 직시한다. 요코야마의 소설들이 늘 그렇듯 『64』 역시 마지막 장을 덮고 나면 가슴이 따뜻해진다.

관료
연쇄 살인사건

『감염유희』
혼다 테쓰야

〈스트로베리 나이트〉의 '히메카와 레이코' 역은 다케우치 유코다. 『스트로베리 나이트』의 말미에 붙은 해설에서, 작가인 혼다 테쓰야는 히메카와 레이코의 가상 캐릭터로 마쓰시마 나나코를 꼽지만 세월이 많이 흘렀다. 영화 〈링〉에서 보여준 마쓰시마 나나코의 캐릭터도 히메카와 레이코 역에 적합하지만, 드라마 〈스트로베리 나이트〉에서 이미 히메카와를 연기한 다케우치 유코를 이길 수는 없다. 여성적이면서도 강인하고 직관력이 뛰어난 히메카와는 역시 다케우치 유코가 적역이다.

『스트로베리 나이트』, 『소울 케이지』, 『시머트리』, 『인비저블 레인』에 이어지는 '히메카와' 시리즈의 다섯 번째 이야기, 『감염유희』

의 주인공은 히메카와가 아니다. 『감염유희』는 일종의 외전 같은 작품이다. 히메카와를 무척이나 싫어하는 공안 출신의 노형사 카쓰마타, 단편 『지나친 정의감』에 나왔던 형사 쿠라타, 히메카와 반의 신출내기 형사였다가 승진시험에 합격하여 관할서로 옮긴 하야마가 주인공이다. 카쓰마타, 쿠라타, 하야마는 각자 담당사건을 수사하다가 그 사건들이 긴밀하게 연결되어 있다는 것을 알게 된다. 히메카와는 조연으로만 가끔 등장한다.

전직 후생성 관료의 아들이 살해된 사건, 불륜관계였던 외무성 직원과 애인이 거리에서 난자당한 사건, 후생성에서 '연금계의 대부'로 알려졌던 남자가 폭행을 당한 사건 등이 서로 다른 시간과 공간에서 일어난다. 범인이 누구인지는 알 수 없지만 이유는 알 수 있다. 피해자의 공통점은 '관료'다. 그들은 자신의 결정이나 행동이 타인에게 어떤 결과를 가져올지 전혀 생각하지 않았다. 오로지 자신들의 편의를 위해서 혹은 이해관계를 위해서 결정을 내렸다. 마치 그들이 국민위에 군림하는 것처럼. 국민은 그들이 누구인지도 제대로 모른다.

지금까지 어떤 악행을 저질렀어도 관료의 얼굴이나 개인 정보가 공개된 적은 없었다. 담당 기관이 연루된 불상사가 생겨도 비난은 언제나 정치가가 받을 뿐 장관만 바뀌면 같은 악행을 되풀이한다.

카쓰마타는 히메카와에게 범죄 피해자가 누구에게 죽었는지는 모르지만 이유는 알 것 같다고 말해준다. 과거에 피해자가 그릇된 결정을 내려 수많은 사람이 에이즈에 감염되었다고. 15년 전에도 그를 죽이려는 사람이 있었다고. 그 말을 해주며 카쓰마타는 덧붙인다.

하루하루 쏟아져 나오는 정보가 오토모 같은 사람 손에 들어간다면 어떻게 되겠어? (…) 15년 전, 오토모 신지와 같은 원망과 분노가 지금 이 순간에도 많은 국민들 사이에 똬리를 틀고 응어리져 있어. 그 응어리는 시시각각 사람들을 감염시켜 세력을 넓혀가겠지. 엄청난 시대가 도래할 거야. 레이코, 정부에 대한 국민의 역습이다. 까딱하다간 마녀사냥을 보게 될지도 몰라.

혼다 테쓰야는 경찰 내부의 세세한 갈등까지도 탁월하게 그려내는 작가다. '히메카와 시리즈'에서는 직관으로 범인을 추적해가는 히메카와 치밀하게 바닥부터 훑으면서 단서를 찾아내는 쿠사카, 온갖 협박과 뇌물로 정보를 캐내는 카쓰마타가 서로 대립하면서도 필요한 순간에 타협하는 모습을 통해 '경찰 수사'의 다양한 면모를 보여준다.

히메카와 레이코는 피해자만이 아니라 가해자의 마음에도 쉽게 접근한다. 직관적으로 그들이 어떤 상황에서, 어떤 생각으로 범행을 저질렀는지를 파악하는 것이다. 히메카와의 그런 접근법을 쿠사카와 카쓰마타는 정말 싫어하고, 히메카와 역시 그들을 싫어한다. 하지

만 그들은 경찰이라는 점에서 동일하기에 하나의 목적을 향해 나아
간다. 혼다 테쓰야는 필사적으로 범인을 찾아가는, 범인을 어떻게든
잡고 싶어 하는 경찰의 마음을 처절하게 드러낸다.『감염유희』에서
는 전직 형사인 쿠라타의 마음을 통해서 그 마음이 더욱 간절하게 드
러난다.

귀신에 씐다는 말이 있다. 쿠라타는 이 말을 지금까지 충동 범행
을 설명할 때나 사용하는 편리한 표현 정도로 여겨왔다. 그런데
이제야 깨달았다. 사람이 사람을 죽이는 데에 이유 따위는 필요
없다. 그것이 무엇이든 상관없다. 중요한 것은 어떤 문제를 해결
하려고 살인이라는 방법을 쓰느냐, 안 쓰느냐의 차이다. 즉 선택의
문제다.

그래서 쿠라타는 생각한다. "인간의 목숨을 빼앗고 나면 보상을
받을 방법이 없다. 오로지 죽음으로써 용서를 구해야 한다. 사람을 죽
이면 사형 선고를 받아 마땅하다고 여겨왔다. 경찰관으로서의 신념
이기도 했다." 혼다 테쓰야는 쿠라타가 틀렸다고 말하지는 않는다.
그건『감염유희』에 나오는 살인자들 역시 마찬가지다. 그들은 관료
때문에 엄청난 고통을 겪은 적이 있다. 그래서 가장 극단적인 방법을
택한다. 그 선택에는 어느 정도 정당성도 있다. 카쓰마타조차 "정치
가 뒤에 숨어서 국민의 혈세를 갉아먹는 관료에게 정의의 철퇴를 맛

보여주고 싶은 욕구. 그 욕구는 참으로 올바르다"고 생각한다.

그들이 한 행동이 올바르다고 생각하는 사람은 아무도 없다. 정당한 방법으로는 상대하는 게 불가능하니 자신의 가치관이 잘못된 걸 알면서도 행동을 취해야만 했다. 오히려 이 사람들을 그 지경까지 미치게 몰고 간 당사자는 누구인가 묻고 싶다.

혼다 테쓰야는 격렬하게 관료들을 비판한다. 그들이 전직 관료를 죽였다는 사실 자체보다 그들이 왜 살인이라는 극단적인 행태를 택해야만 했는지를 말한다. 동시에 살인을 '선택'한 범인들에게도 분명한 벌을 내린다. 아들이 살인을 했고, 그 죄과를 생각하며 또 다른 극단적인 행동으로 나아갔던 쿠라타는 『감염유희』의 범인들을 가장 잘 이해할 수 있는 인물이다. 쿠라타를 포함한 그들은 살인을 선택하면서, 스스로 지옥으로 걸어 들어간다.

때때로 사람은 일부러 고통스러운 길을 선택할 때가 있다. 잊어버리기만 한다면 새로운 하루를 맞이할 수 있다. 하지만 어떻게 해도 돌이킬 수 없는 일이 있다. (…) 내일을 살아가는 것은 포기한다. 대신 증오와 함께 절멸하는 쾌락을 상상한다.

혼다 테쓰야는 계속해서 질문을 던진다. 『감염유희』의 범인들을 일방적으로 몰아붙일 수는 없다. 그러나 그들은 살인을 선택한 범죄자이고, 벌을 받아야만 한다. 그들은 '분노'에 사로잡혀 이리저리 몰려다닐 수도 있는 군중이다. 만일 분노가 세상을 뒤덮고, 사람들이 모든 것을 폭력으로 해결하려 한다면 어떻게 될 것인가. 그런 점에서 다시 한 번 쿠라타의 선택과 그가 짊어진 무거운 짐을 생각하게 된다. 세상은 참 어렵고 힘든 곳이다.

연옥도의 풍경처럼
잔인하고 추악한 세계

『로스트 라이트』
마이클 코넬리

『블랙 에코』로 시작하여 『라스트 코요테』, 『엔젤스 플라이트』 등으로 이어지던 '해리 보슈 시리즈'는 여덟 번째 작품 『유골의 도시』에서 변화를 모색한다. LA의 형사였던 해리 보슈가 『유골의 도시』의 말미에 사직을 결심하는 것이다. 그리고 아홉 번째 작품인 『로스트 라이트』에서 해리 보슈는 사립 탐정으로서의 새로운 인생을 시작한다. 형식에도 변화가 있다. 『유골의 도시』까지는 3인칭으로 해리의 행동과 심리를 묘사하지만 『로스트 라이트』에서는 1인칭으로 해리 보슈의 마음을 탐험한다. 아마도 그의 마음을 더 전하고 싶었을 것이다.

　15세기의 화가 히에로니머스 보슈의 이름을 따서 보슈의 이름을 지어준 어머니는 창녀였고, 보슈가 열한 살 때 살해당했다. 청소년

보호소와 위탁 가정을 거치며 성장한 보슈는 열여섯 살 때 입대하여 베트남전쟁에서 '땅굴 쥐'로 활동했다. 인간의 가장 어두운 면을 일찌감치 경험한 해리 보슈. 그와 이름이 같은 화가 히에로니머스 보슈의 그림이 보여주었던 연옥도의 풍경처럼 잔인하고 추악한 세계를 고독하게 걸어가는 남자의 마음이 뭔지 정말 궁금하다.

『유골의 도시』에서 보슈는 회의를 느낀다. 범죄로 뒤덮인 도시는 단지 현대의 역병이 아니다. 인간에게는 어쩌면 폭력의 유전자가 각인되어 있을지도 모른다. 순진무구한 이들이 어느 한순간 정신이 나가 살인을 저지르는 경우도 있고, 단순한 욕망을 위해 필요 이상으로 잔인해지기도 한다. '고독한 늑대'였던 해리 보슈는 조직 내에서 피곤함을 느꼈다. 승진한다 해도 보슈가 조직을 바꿀 수 있는 것도 아니었다. 그렇다면 아예 자유로워지자, 라고 생각했을지도 모른다.

그만한 일을 해치우는 데도 경찰국과 연방수사국 내부 정책들의 집중포화 속을 걸어가야만 했다. 내가 더 이상 그 속에 포함되어 있지 않다는 것이 얼마나 좋은지 몰랐다.

"형사이든 아니든 이 세상에서 내가 해야 할 일은 죽은 자의 편에 서는 것이다." 이것만이 보슈가 지키는 원칙이고, 정의다. 보슈는 경찰을 그만두면서 그가 일했던 12년간의 미제사건 파일을 몽땅 가지고 나왔다. 더 이상 경찰에서는 수사하지 않는 사건, 그러나 종결되

지 않은 미제사건들. 누구의 의뢰도 받지 않았지만 보슈는 그중 하나
인 안젤라 벤턴 사건을 파고든다. 사건이 일어났을 때는 강간 · 살인
사건이라고 생각했다. 그런데 사건 며칠 뒤 영화 촬영 현장에서 소품
으로 쓰던 지폐 200만 달러가 강탈당하는 사건이 일어난다. 안젤라
벤턴은 돈을 강탈당한 영화를 만들던 영화사에서 일했으므로 그녀
가 범죄에 연루되어 살해당했을 가능성이 컸다. 미심쩍은 증거들도
발견됐지만, 사건은 종료됐다. LA 경찰국 강력계에서 사건을 가져갔
는데, 담당이 된 강력계 형사 잭 도시와 로턴 크로스가 술집에서 강
도의 총에 맞았기 때문이다. 도시가 죽고 크로스는 반신불수가 되면
서 사건도 흐지부지됐다.

해리 보슈는 안젤라 벤턴 사건이자 200만 달러 강탈사건의 범인
을 추적한다. 그 과정에서 FBI 요원 마서 게슬러가 실종된 사건을 알
게 된다. 하지만 그 무렵부터 벽에 부닥친다. 경찰국에서 압력이 들
어오고, FBI에서 정신적, 육체적으로 협박을 가한다. 보슈가 수사하
는 사건 어딘가에 '국가 안보'와 연관된 무엇이 있다는 것이다. '국가
안보'를 지키는 조직과 부서는 어떤 규칙도 지키지 않는다. 그들은
모든 규칙 위에 존재하고, 어떤 행동이든 다 할 수 있다.

리액트는 수단 방법을 가리지 않아, 보슈. 대 테러 신속대응팀 말
이야. 2001년 9월 11일 이후부터는 규칙도 없어졌어. (…) 그들은
아프가니스탄전쟁을 지켜보며 이곳의 룰을 모조리 바꾸고 있어.

그들은 해리 보슈를 협박하며 사건에서 손을 떼라고 한다. 충돌하는 지점은 간단하다. 리액트 팀은 국가 안보를 위해, 더 많은 사람의 평화를 위해 개인의 정의는 중요하지 않다고 생각한다. 소수를 희생시키더라도 다수를 구하는 것이 자신들의 임무라고 생각한다. 반면 보슈는 죽은 자들의 소리를 듣는다. 그들을 죽인 자가 누구인지 밝혀내려 한다. 다수를 위한다는 모호한 이유 혹은 추상적인 목적을 위해 소수를 희생시키는 것은 옳지 않다고 생각한다.

『로스트 라이트』에서 중요한 것 하나는 '눈앞의 거대 권력과 맞선 보슈가 어떻게 승리를 거두는가'이다. 궁극적인 승리가 아니라 직면한 작은 전투에서 승리하는 것.

하지만 마이클 코넬리는 일방적으로 보슈의 행동을 찬양하지는 않는다. 보슈의 친구이기도 한 FBI 요원 린델은 말한다. "그는 언제나 자기가 원하는 것만 추구했어요. 경찰 배지를 달고 있을 때조차도 그는 언제나 사립 탐정처럼 행동했죠." 이 말은 결코 찬사가 아니다. 린델은 보슈가 자기 마음대로 행동하여 사건을 해결했을 때 이런 말을 했다. 보슈도 알고 있다. 그가 움직이는 이유는 자신이 원할 때뿐이라는 것을. 사건 해결에 필요한 일이기는 했지만 결국은 '자신의 목적'을 위해 감시 카메라를 설치했고, 그 영상을 본 보슈는 생각한다. "그것이 감시과정에서 가장 힘들었던 부분이었다. 그 부분은 나를 거의 침입자처럼 느끼게 만들었고, 나 자신 속에 그은 품위의 선을 넘어버린 기분이었다." 어쩌면 보슈를 협박한 FBI 요원들과 불법적으로 감시 카메라를 설치한 보슈의 거리는 그리 멀지 않을 수 있다.

다만 보슈는 언제나 '죽은 자의 편'에 서 있다. 그것만이 유일한 정
의다. 추상적인 평화나 정의가 아니라 그들의 구체적인 원한을 풀어
주는 것이 보슈의 원칙이다. 『로스트 라이트』는 "마음속에 있는 것들
은 다함이 없다"라는 문장으로 시작한다. 언제든 다가올 것은 오게
마련이고, 해야 할 일들은 해야만 한다. 보슈는 그렇게 믿는다. 그래
서 자신이 믿는 것, 원하는 바를 행하기 위해 헌신한다. 그 결과가 반
드시 만족스러운 것은 아니다. 『유골의 도시』에서도 그랬고 『로스트
라이트』에서 밝혀진 진상도 너무나 추악했다. 끔찍한 살인마가 아니
라 평범한 우리가 선을 조금 벗어나면 저지를 수 있는 범죄들. 이 세
상이 결코 공정하지 않다는 것을 증명하는 이야기들.

그런데도 홀로 선 해리 보슈는 절망의 나락으로만 빠져들지는 않
는다. 세상이 지옥이라도, 그 지옥에서 우리가 해야 할 몫 또한 있는
법이니까.

사랑과 상실감 속에서 밤은 항상 신성하다. 인간이 그렇게 만들
수 있을 때에만 멋진 세상이 될 수 있다.

늙은 형사의 마지막
사건 수첩

「불안한 남자」
헨닝 망켈

늙은 형사의 이야기는 처연하다. 쿠르트 발란데르의 나이는 육십. 아직 형사로 일하는 발란데르는 서서히 은퇴할 준비를 한다. 시골에 집을 사서 이주하고 개도 한 마리 기른다. 그런데 나이와 함께 찾아오는 필연적인 증상들이 그를 엄습한다. 당뇨병과 혈압만이 문제가 아니다. 문득 정신을 차려보니 낯선 곳에 있다. 왜 이곳에 온 건지 기억나지 않는다. 아는 사람들과 있었는데 문득 그들이 누구인지 기억나지 않는다. 그걸 심각한 문제로 인식하게 된 사건도 생긴다. 어느 날 저녁, 혼자 술을 마시러 갔다가 총을 놓고 왔다. 총은 무사히 돌아왔지만 저녁에 술을 마시러 가는데 왜 총을 들고 간 건지, 어쩌다가 놓고 왔는지가 전혀 기억나지 않는다. 발란데르는 자괴감에 빠진다.

쿠르트 발란데르는 할아버지가 된다. 아버지처럼 경찰이 된 딸 린다가 임신하고 아이를 낳는다. 린다는 결혼은 하지 않고 한스와 동거한다. 발란데르가 경찰이 된 것을 싫어하던 아버지가 죽고 아내와 이혼한 후 발란데르가 책임을 져야 할 사람은 린다뿐이었지만 이제는 손녀 클라라가 생겼다. 그리고 한스와 그의 부모인 예비역 해군 중령 호칸 폰 엥케와 아내인 루이스를 만난다. 세상이 더 복잡해졌다. 그리고 발란데르의 마지막 사건이 시작된다. 사돈인 호칸이 어디론가 실종되고 얼마 뒤 루이스마저 사라진 것이다. 발란데르는 사돈을 찾아 나서면서 자신의 인생, 그리고 세계와 직면하게 된다.

스웨덴의 지방 형사 발란데르가 나오는 헨닝 망켈의 소설은 『다섯 번째 여자』, 『방화벽』, 『하얀 암사자』 등이 국내에서 출간되었지만 큰 인기를 끌지는 못했다. 영국에서 케네스 브래너 주연으로 드라마도 만들어진 '발란데르 시리즈'는 대단히 매력적인 이야기다. 젊은 시절의 발란데르는 그야말로 '인간적인' 형사였다. 우직하고 고집이 세면서도 불안하거나 외로워지면 클럽에 가서 술을 마시고 춤을 춘다. 문득 외국에 있는 사랑하는 여인에게 전화를 걸기도 한다. 지나치게 심각하지도 않고 과도한 정의감에 사로잡히거나 복수심에 불타지도 않는다. 발란데르는 일상의 감각으로 사건을 보면서 끈질기게 세상의 윤리에 대해 자문한다.

발란데르가 다루는 사건들은 참담했다. 누구나 북구, 그중에서도 스웨덴은 안정되고 풍요로운 사회라고 생각하지만 그곳에서 일어나는 사건들은 미국이나 일본과 크게 다르지 않다. "사람은 그때나 지금이나 변함이 없고, 범죄도 거의 이전 세대에서 저질렀던 악행이 되풀이되는 수준이었다. 그 뿌리를 캐보면 금전관계, 질투나 앙갚음 따위가 매달려 있기 십상이었다. 앞선 세대의 수많은 선배 경찰관, 군수, 행정관, 검사 등이 똑같은 관찰을 했다. 오늘날 기술적으로는 분명히 실마리를 잡기가 한결 손쉬워졌지만, 예나 지금이나 핵심을 꿰뚫어볼 수 있는 깜냥이야말로 마지막 자물쇠를 푸는 열쇠였다." 발란데르는 사건의 핵심을 들여다볼 수 있는 능력이 있기에 오랜 시간을 버티며 현역으로 살아남았다.

『불안한 남자』는 헨닝 망켈이 밝히는 발란데르 시리즈의 마지막 작품이다. 그래서 과거 사건들에 대한 언급이 많고, 그가 만났던 많은 이와의 매듭이 지어진다. 그는 사랑했던 여인, 지금도 사랑하는 여인들과 마지막으로 만난다.

"애송이 경찰관이던 시절, 심장에서 살짝 비켜난 곳에 칼을 맞은 다음부터 죽음은 인생의 동행자가 되었다." 발란데르는 수사를 하면서 범인을 죽이기도 했고, 친하게 지내던 이들이 바로 곁에서 죽는 것도 봤다. 죄책감으로 무너질 뻔도 했고 때로는 복수심에 불타기도 했다. 그런 희로애락을 거쳐 이곳까지 왔다. 발란데르는 그래도 비교적 자신이 '좋은 편'에서 잘 살아왔다고 자부한다. 후회도 있고 회한도 있지만 잘 헤쳐왔다고.

앞으로 남은 삶이 10년일지 20년일지 모르지만 지금보다 더 늙는 것 말고는 달리 겪을 일이 없었다. 젊음은 너무나도 먼 기억이고 중년은 이제 지나갔다. 무대 뒤에 서 있다가 세 번째 막이나 마지막 막이 열려서 무대에 오르면 모든 줄거리가 밝혀지고 영웅이 드러나며 악당이 죽을 것이다. 될 수 있으면 어떻게든 비극적인 배역을 맡지 않으려고 안간힘을 썼다. 다른 것은 다 젖혀두고 웃으면서 무대를 떠날 수만 있다면 그뿐이었다.

헨닝 망켈은 『불안한 남자』에서 '발란데르가 사건을 푸는 입장을 넘어 사건의 일부가 되는 것'을 원했다. 호칸은 그 어디에서도 흠잡을 데 없는 인생을 보냈다. 실종될 이유도 없다. 호칸과 루이스의 실종을 수사하면서 발란데르는 '스웨덴'이라는 사회 전체를 들여다보게 된다. 행복하고 안정됐다고 믿었지만 사실은 진흙탕이었던 그들의 삶이, 사회나 세계 전체와 연관되어 있음을 알게 된 것이다. 진상에 가까이 갈수록 발란데르는 의심한다. "발란데르는 자신이 생판 모르는 세상의 언저리에 와 있음을 깨닫기 시작했다. (…) 그것이 무엇인지 이해할 만한 능력이나 자격도 없으면서 괜히 주제넘게 가까이 온 게 아닌가 싶었다." 거대한 세계의 장막을 열고 들여다본 발란데르는 그러나 마지막까지 도망치지 않는다.
　호칸의 실종사건은 여전히 범인이 잡히지 않은 올로프 팔메 총리 암살사건과 스웨덴 영해에서 소련 잠수함이 발견되었던 1980년대로 거슬러 올라간다. 이제는 사라진 냉전 시절의 케케묵은 사건들과 지금 우리는 과연 어떤 관계가 있는 것일까. 발란데르는 과거 동독에서 비밀경찰 고위 간부였던 남자도 만나고 현직 CIA 직원도 만난다. 온화한 노부부의 실종은 그들의 이야기, 그들의 존재와 밀접한 연관이 있다. 모든 것은 연결되어 있다. 나 혼자 살아간다고 생각해도, 혼자인 나 역시 이 거대한 세상의 영향을 받고, 휘둘릴 수밖에 없다. '그러니 세상을 보라'고 헨닝 망켈은 말한다.

극장에 앉아 있다가 끼어들 틈이 없는 것 같아 뛰쳐나왔더니 지뢰밭이 지천인 우리네 삶의 세상이었지.

『불안한 남자』는 은퇴해야 하는 발란데르에게 바치는 송가다. 결국 발란데르는 자신이 이 세상에 속한 존재임을 알게 된다. 그렇게 자신에 대해 인정하고, 이 세상을 위해 무엇을 해야 하는지를 다시 한 번 깨닫는다. "발란데르는 한평생 이 세상의 좋은 편에 속하려고 노력해왔고, 행여 실패했더라도 자기 혼자만 그런 것은 아니라며 위로했다. 인간으로서 최선을 다하는 것 말고 다른 무엇을 더 할 수 있었을까?"

냉전시대가 만들어낸
거대한 희극

「스마일리의 사람들」
존 르 카레

『추운 나라에서 온 스파이』의 주인공 조지 스마일리는 늙었다. 영화
로도 만들어진 『팅커, 테일러, 솔저, 스파이』에서 스마일리는 후배들
에게 밀려났고 아내는 다른 남자를 만났다. 언제나 날이 서 있어야만
생존할 수 있던 스파이가 현역에서 물러나면 어떻게 될까? 영화 〈팅
커, 테일러, 솔저, 스파이〉가 시작되면 게리 올드먼이 연기하는 스마
일리의 느슨한 일상을 볼 수 있다. 온천에서 목욕하고 조용한 식당에
서 차분하게 식사를 하고 차를 마신다. 날이 바뀌어도 아무 일도 일
어나지 않는다. 그래서 느낄 수 있다. 그의 마음에 얼마나 많은 것이
요동치고 있는지.

　존 르 카레의 『스마일리의 사람들』은 스마일리가 등장한 일곱 번

째 소설이고, 은퇴한 스마일리가 카를라와 대결하는 3부작의 마지막 이야기다. 3부작의 첫 번째 작품 『팅커, 테일러, 솔저, 스파이』에서 은퇴한 스마일리는 정보국 내의 '두더지'를 잡는 임무를 맡는다. 하지만 내부의 공식적인 인력이나 절차를 이용할 수 없다. 스마일리는 알게 된다. 오래전 미국으로 망명하라고 요구했지만 거절하고 소련으로 돌아간, 훗날 KGB의 수장이 된 카를라가 사건의 배후에 있다는 것을. 스마일리가 일생을 바쳐 헌신했던 모든 것이 그를 배신했다는 사실도.

『팅커, 테일러, 솔저, 스파이』, 『훌륭한 남학생 *The Honourable Schoolboy*』에 이어지는 『스마일리의 사람들』에서 스마일리는 한때 그가 담당했던 소련 망명자의 죽음을 알게 된다. 에스토니아 출신인 블라디미르는 소련의 장군이었을 때 스마일리에게 정보를 제공했고 망명한 후에는 망명자들의 조직을 만들어 이끌어왔다. 시간이 흐르면서 블라디미르의 가치는 사라졌고 망명자 조직도 지리멸렬했다. 살해당하기 전 블라디미르는 스마일리와 접촉하기를 원했고 중요한 정보가 있다고 전했다.

정보국에서는 스마일리에게 사건을 맡긴다. 가급적이면 조용하게, 아무 일도 없었던 것처럼 지워버리고 싶어서. 하지만 스마일리는 블라디미르의 정보가 모스크바 센터라 불리는 KGB의 수장 카를라에 관련된 것임을 알아낸다.

『스마일리의 사람들』의 배경은 1970년대다. 냉전이 한창인 때였고 치열한 첩보전이 벌어지던 시기였다. 하지만 그때부터 모든 것은 썩어들어갔다. "총성은 이제 끝났어, 조지. 그게 문제야. 모두가 회색이라고. 짝퉁 천사들이 짝퉁 악마와 싸우는 격이잖아. 전선이 어디 있는지도 모르고, 총성도 들리지 않는 전쟁이라니." 존 르 카레는 "두 경제 강국의 강박 관념은 자체의 정체성과 의도, 세력과 약점을 드러내면서, 1970년대에는 거의 무제한에 가까운 상호감시와 과대망상에 빠진 상황을 만들어냈다"라고 말한다. 아무것도 확신할 수 없지만, 아니 확신할 수 없기에 공포와 두려움을 조장하여 자신들의 존재 가치를 증명해야만 했다. 반면 외부에서는 첩보 기관의 초월적인 권력을 두려워했다. 그래서 '불법'적인 작전을 금지하고 모든 것을 보고해야 한다는 요구를 했다. 그 결과 진짜 스파이는 사라지고 관료와 기회주의자만이 남았다.

시스템은 언제나 그랬듯 말 잔치의 쓰레기만 남기고 눈물을 흘리며 사라졌다. (…) 그는 얍삽한 자들이 무대를 장악할 때 뒷방에서 혼자 분투했건만 여전히 무대를 차지한 자들은 그들이다. (…) 오늘날 조용히 자신의 가슴을 들여다보니 처음부터 지도자는 없었으며, 지도 자체가 불가능했다는 사실만 깨닫고 말았다. 그를 향한 유일한 제약은 자신의 이성과 양심뿐이었다. 결혼과 공공에 대한 봉사 정신도 빼놓을 수는 없다. 사회에 평생을 이바지했건만 남은 거라곤 나 자신뿐이군. 스마일리는 담담하게 중얼거렸다.

존 르 카레의 스파이 소설은 '007'이나 '본' 시리즈의 스파이 액션이 아니라 인간들이 벌이는 야비하고 추잡한 첩보전을 보여준다. 당연히 사람이 죽고 싸움도 벌어지지만 중요한 것은 그 임무를 수행하는 사람들이다. 존 르 카레는 『스마일리의 사람들』이 "늙은 스파이에게 바치는 진혼곡"이라고 말한다. 스마일리는 모든 것을 잃었다. 가족도, 친구도, 아끼는 후배도. 누구의 탓으로 돌릴 수는 없다. 스파이로 살아가기 시작했을 때부터 정의도, 명분도 희미해져 갔다. 임무를 위해서 친구를 저버리기도 하고, 가족도 멀리할 수밖에 없었다. 스파이는 그렇게 살아야만 한다. 적당하게 타협하고, 자신만의 안위를 위해서 살아갈 수도 있겠지만 그건 스마일리의 선택이 아니었다. 스마일리는 철두철미한 정보 요원, 스파이였다.

지금껏 스마일리가 죽어라 추적했던 야수도 광인도 로봇도 아니었다. 그도 분명한 인간이었다. 스마일리가 손을 조금만 내밀어도 절박한 사랑 따위에 무너지고 말 그런 인간. (…) 그건 스마일리 자신이 실타래처럼 꼬인 삶을 통해 터득한, 누구보다 잘 아는 약점이기도 했다.

스마일리는 자신이 쫓는 사람이 카를라라는 것을 알게 된다. 이것이 그와의 마지막 대결이라는 것도 감지한다. 그리고 사람들을 만나면서 자신이 카를라와 쌍둥이 같은 존재라는 것도 깨닫게 된다. 많은 사람이 카를라와 스마일리를 비슷한 인간, 비슷한 이미지로 바라본다. 스마일리가 카를라를 잡으려는 것은 어쩌면 자신을 구원하려는 시도일지도 모른다. "집으로 돌아가, 조지. 카를라는 당신 과거를 돌려주지 않아." 존 르 카레는 "(스마일리와 카를라) 둘은 서로를 마주보면서, 결국 서로가 무인도의 유령에 지나지 않음을 깨닫고 만다. 카를라는 자신의 정치 신념을 희생했고 스마일리는 인간성을 잃었기 때문"이라고 말한다. 대단원의 막을 내리는『스마일리의 사람들』은 냉전이라는 시대, 첩보전이 어떻게 '인간'을 파괴하고 결과적으로는 거대한 '희극'을 만들어냈는가를 보여준다. 대체 우리는 무엇을 위해서 싸우는 것인가. 체제를 위하여, 라는 대의명분은 그 무엇도 제대로 설명하지 못할 뿐더러 위안조차 주지 못한다. 거대한 환상일 뿐이다.

스마일리는 그런 점에서 결국 과거의 인물에 불과하다. "불안해하는 대상이 무엇이든 간에 그는 언제나 마음을 다잡고 임무를 수행했다. 양심을 문밖에 남겨두어야 했을 때도 마찬가지였다." 스마일리는 틀을 부수지 않는다. 도망치지도 않는다. 때로 양심을 버리면서도 임무에 충실할 뿐이다. 그래서 그는 역사의 뒷전으로 사라질 것이다. 새로운 무엇인가를 만들어내지 못한 채. 시대는 변했고, 스마일리의 시대는 이미 오래전에 끝났으니 이제는 새로운 첩보소설을 읽을 때다. 존 르 카레의 신작들을 고대하는 이유다.

범죄의 소굴에서
인간성을 증명하다

「야성의 증명」
모리무라 세이이치

일본 사회파 추리소설의 거장으로 흔히 마쓰모토 세이초와 모리무라 세이이치를 꼽는다. '범죄의 동기 묘사와 인간 묘사'에 힘을 기울여야 한다고 주장하며 『제로의 초점』, 『점과 선』, 『모래 그릇』 등을 발표하여 사회파 추리의 전범을 제시한 마쓰모토 세이초는 한국에서도 꽤 알려진 작가다. 그에 비하면 모리무라 세이이치는 별로 알려지지 않았다. 화제가 되었던 드라마 〈로얄 패밀리〉의 원작이 『인간의 증명』이었지만 드라마 덕에 모리무라 세이이치가 유명세를 치르지는 않았다.

1933년생인 모리무라 세이이치는 호텔에서 직장생활을 하다가 뒤늦게 『대도회』를 발표하며 작가의 길을 걷게 된다. 에도가와 란포상을 수상한 『고층의 사각지대』, 『신칸센 살인사건』, 『초고층 호텔 살인사건』, 일본 추리작가 협회상을 받은 『부식의 구조』 등을 발표하며 승승장구하던 모리무라 세이이치는 한동안 잊었던 『옥문도』, 『이누가미 일족』의 요코미조 세이시를 최고의 스타 작가로 만든 가도카와 출판사의 사장에게서 '작가로서 무언가를 증명할 만한 작품을 써보자'라는 제안을 받는다. 트릭을 중심으로 한 본격 추리소설의 한계를 느끼던 모리무라 세이이치는 심혈을 기울여 '증명 3부작'인 『인간의 증명』, 『야성의 증명』, 『청춘의 증명』을 발표한다.

'증명 3부작'은 독자와 평론가에게 절찬을 받으며 모리무라 세이이치를 최고의 스타 작가이자 거장으로 만들었다. 당시 『인간의 증명』은 770만 부 이상이 팔렸고 총 누적 판매부수는 1천만 부가 넘었으며 영화로도 만들어져 인기를 끌었다. 저서만 750권에 달하는 마쓰모토 세이초에 이르지는 못하지만 모리무라 세이이치도 360여 권의 작품을 발표했고 총 누적 발행부수는 1억 4,650만 부에 달한다. 2011년 발표한 『악의 길』이 요시카와 에이지 문학상을 받는 등 요즘도 여전히 현역작가로 활동 중이다.

'증명 3부작'의 스토리가 이어지지는 않는다. 하지만 일관된 주제로 '증명'을 시도한다. 70년대는 일본이 승승장구하던 시기였다. 패전의 고통과 가난에서 벗어나 도쿄올림픽을 개최하면서 일본은 선진국의 대열에 합류한다. 일류 국가가 되었다는 생각에 흥청망청하며 자신감에 들떠 있던 순간이었다. 일본은 엄청난 경제 성장을 이루었다. 하지만 그것만으로 문제가 해결된 것일까? 단지 물질적인 부를 누리는 것만으로 인간은 만족하고 행복한 것일까? 경제 성장에 가린 수많은 사회 문제, 모순들은 어떻게 할 것인가. 대체 인간이란 무엇일까? 우리의 진정한 얼굴은 무엇인가? 모리무라 세이이치는 '증명 3부작'에서 인간과 인간성을 '증명'하고 싶어 한다. 사회적인 범죄들을 통해서, 인간이란 대체 무엇인지 파고들어간다. 고도의 경제 성장이 안겨준 물질적 부에 도취해 있으면서도 현대인들은 또한 공허를 느끼고 있었다. 무엇인가를 잃어버리고, 너무나도 피로한 상태라는 것을 느끼고 있었다.

'증명 3부작'의 두 번째 작품 『야성의 증명』은 산골 마을에서 벌어진 대량 학살사건과 한 가문이 지배하는 소도시에 벌어지는 부정부패를 관통한다. 후도라는 마을에서 주민 모두가 살해당하는 사건이 발생한다. 사건의 유일한 생존자였던 초등학생 요리코는 보험 외판원인 아지사와의 양녀로 입적된다. 아지사와가 요리코와 함께 정착한 하시로 시는, 후도 마을 살인사건 당시 희생당한 등산객의 여동생 오치 도모코가 살던 곳이다. 봉건시대의 영주가 물러난 후 하급 무사 출신의 오바 가문이 하시로 시의 지배권을 잡았고 그대로 권력을 유지했다. 경찰도, 야쿠자도 모두 오바 가문의 사병이나 마찬가지였다. 오치 도모코의 아버지가 신문사를 만들어 오바 가문에 잠시 대항했지만 의문의 사고로 죽었다. 그 뒤 하시로 시에는 고요한 평화가 찾아왔다.

오바는 하시로 시의 정부이자 황제였다. 그가 없었다면 이곳은 무정부 상태가 되어버릴지도 모른다. (…) 비록 살가죽 아래에 고름이 썩어가는 허울뿐인 평화에 지나지 않았지만 어쨌든 평화임은 틀림없다.

하시로에 들어온 아지사와는 도모코와 연인관계가 된다. 후도 마을 사건을 조사하던 기타노 형사는 아지사와를 범인으로 의심한다. "기타노는 (…) 완전 범죄의 성공에 취한 범인이 어느 날 문득 뒤를 돌아보면 그가 서 있다. 그런 느낌을 주는 형사였다." 끈질기게 한 걸음씩 나가면서 증거를 찾아내고 범인을 추적하는 남자. 마침 아지사와와 도모코의 주변에서는 끊임없이 사건이 벌어진다. 아니 애초에 하시로 시 자체가 범죄의 온상이었다. 하시로에서 살아가려면 비겁해져야 한다. "그저 제 한 몸을 지키기 위해서 모든 파란을 피하려 한다. 평온한 바다에 풍랑을 일으킬 바에야 숫제 물이 고여서 썩어가는 게 낫다는 식이었다." 거대 악에 눈을 감고 눈앞의 이익만을 따라간다면 평화로울 수 있다. 그러니까 그들은 진실을 외면하고, 거짓된 행복과 물질에만 매달린다.

아무리 부정부패를 폭로해도 세상은 눈곱만큼도 좋아지지 않아. 오히려 나빠질 뿐이지. 오바가 꽉 쥐고 있기 때문에 이 하시로가 평화로운 거야. 오바를 몰아내면 또다시 먼지가 날리겠지. 그 먼지를 누가 뒤집어쓴다고 생각하나? 우리 시민들이야. 하시로가와 강을 오바가 독차지하든 말든 우리하고는 아무 상관없어.

『야성의 증명』은 하시로 시민들이 눈감고 있는 거대 악, 뻔히 알고 있으면서도 외면하려 했던 오바 가문에 도전한 남자의 이야기다. "애당초 아지사와란 떠돌이는 '오바 왕국'에 홀연히 나타난 떠돌이 개에 지나지 않았다. 그런 떠돌이 개가 이자키 테루오의 보험 사기를 발단으로 (…) 군건한 반석 같은 오바 체제를 거세게 뒤흔들고 있다." 떠돌이 무사가 거대한 권력의 개들과 싸우는 이야기는 동서고금을 막론하고 흥미로운 스토리다. 그런데 모리무라 세이이치는 거기에 또 하나의 설정을 덧붙인다.

아지사와는 단순히 복수를 위해서 세상에 도전하는 남자가 아니다. 그는 체제와 사회가 만들어낸 희생자이자 가해자다. 기타노는 아지사와를 쫓고, 아지사와는 오바의 부정부패를 폭로하기 위해 달리지만, 누구도 진정한 승자는 되지 못한다. 오바 가문의 부정부패가 만천하에 드러나지만 그렇다고 정의와 원칙이 지켜지는 세상이 도래하는 것도 아니다. 살아남은 자들은 저마다 상처와 고통을 안고 계속 살아가야만 한다. 거대 악을 고발해도 또 다른 거대 악으로 대체될 뿐이니까. 결국 모리무라 세이이치는 단지 오바 가문만이 아니라 '국가' 전체에 책임을 묻는 것이다.

거대한 권력 앞
무력하고 나약한 개인

『침저어』
소네 케이스케

역자의 말에 따르면 '침저어(沈底魚)'는 일본어에도, 중국어에도 없
는 말이라고 한다. 일본어에는 바다 밑에 사는 물고기라는 뜻의 '저
어(底魚)'가 있고 중국어에는 밑바닥으로 가라앉는다는 뜻의 '침저
(沈底)'라는 말이 있을 뿐이다. 그런데 소네 케이스케는 '침저어'라는
단어를 제목으로 썼다. 중국어와 일본어를 결합해서 이해한다면, 밑
바닥에 가라앉은 물고기라는 의미일까? 침저어는 '평범한 생활을 하
며 오래 지낸 뒤, 정부나 중요 기관의 높은 직책에 올라 스파이 활동
을 시작하는 사람'을 말한다. 영어로는 'Sleeper'. 고정간첩과는 조금
다르고 내부 첩자를 말하는 두더지와도 다르다.

　유력지에 정계의 고위 인사가 중국의 스파이라는 보도가 실린다.

중국과 북한의 정보를 다루는 경시청 외사 2과에 소속된 후와 형사는 이 사건을 담당하는 특별 수사팀에 배치된다. 사건의 배경은 이렇다. 중국의 외교관이 미국에 망명하면서 일본 정계에 중국의 스파이가 있다는 정보를 선물로 줬다. 본청에서 급파된 도쓰이 이사관이 수사 지휘를 하지만 현장에서 잔뼈가 굵은 베테랑 고미를 중심으로 한 2과 형사들은 독자적으로 움직인다. 고미 패거리에 속하지 않고 언제나 홀로 움직이는 후와는 파트너인 와카바야시와 함께 단서를 쫓는다. 후와는 우연히 길에서 중학교 동창 이토 마리를 만나는데 그는 스파이로 의심받는 아쿠타가와 겐타로 의원의 비서였다. 그런데 고미 패거리도 이토 마리를 미행하고 있었고, 이토와 후와의 관계도 파악한다.

소네 케이스케는 2007년 『침저어』로 에도가와 란포상을 받고 『코』로 일본 호러 소설 대상 단편상을 받으며 화려하게 데뷔했다. 소네 케이스케는 대학을 다니다가 '빤한 인생을 살기는 싫다'라는 생각으로 중퇴하고 사우나 종업원, 만화 카페 점원 등으로 일하며 '순조롭게 인생의 계단을 내려가다가' 문득 스스로 신세를 망가뜨리는 일이 인생의 목적이 되었다는 것을 깨달았다. 그 후 도서관에 다니며 쓴 소설로 데뷔하여 작가가 되었다. '빤한 가치관을 거스르는 작가를 목표로 한다'라는 소네 케이스케의 생각은 『침저어』와 『코』에 잘 드러난다. 『코』가 소네의 가치관이 응축된 기이한 판타지라면 『침저어』는 깔끔하게 정돈된 첩보물이다.

『침저어』는 건조하고 냉담하게 흘러간다. '침저어'라는 제목처럼 바다 깊숙한 곳에서 천천히, 차갑게 흘러가는 것만 같다. 후와는 철저한 개인주의자다. 고미는 말한다. "넌 갑옷을 두르고 남이 다가오지 못하게 하지. 한 마리 외로운 늑대인 척 행동하지만 너 자신을 드러내는 게 두려울 뿐이야."

파트너인 와카바야시는 애초에 타인에 대한 공감이나 배려가 결여된 인물로 보인다. 후와는 와카바야시를 "칠흑 같은 눈동자가 빛을 흡수해버리는 깊은 바다 같아서 움직임이나 감정 같은 게 전혀 느껴지지 않는 사람"이라고 생각한다. 후와와 와카바야시는 고립되어 있다. 강력반의 형사들처럼 외사 2과의 형사들도 자신의 정보를 결코 타인에게 보여주지 않는다. 그들은 라이벌이며 기밀을 유지해야 할 적이다. 동료라 해도 믿을 수가 없고 상부의 엘리트 관료들은 형사들을 부품이나 장기판의 졸 정도로만 본다. 살아남기 위해서는 강해져야 하고 스스로 판단하여 움직여야 한다.

『침저어』는 정계의 스파이를 찾기 위한 수사만으로 흘러가지 않는다. 공안 내부에도 '두더지'가 있다. 홀로 움직이는 후와는 두더지라는 의심을 받는다. 와카바야시도 마찬가지다. 후와와 와카바야시는 누명을 벗기 위해 동분서주하는데 그럴 때마다 새로운 사실이 밝혀진다. 수십 년 전부터 암약했던 시벨리우스라는 스파이의 정체가 드러나지만 그의 말도 믿을 수가 없다. 망명을 요청한 중국 외교관, 일본의 국익을 위해 일했다는 신념으로 가득한 시벨리우스, 도통 무슨 생각인지 알 수 없는 후배 형사, 오로지 자신들의 이익만을 위해서 움직이는 고미 패거리와 경찰청의 엘리트 관료들. 그 사이에서 사건은 점점 더 복잡해지기만 한다.

존 르 카레의 『팅커, 테일러, 솔저, 스파이』는 영국 정보기관 내에 있는 두더지를 찾아내는 이야기였다. 주인공인 스마일리는 이미 은퇴를 했지만 숙적인 KGB의 수장 카를라가 심어놓은 두더지를 찾아내기 위해 돌아온다. 그리고 『스마일리의 사람들』에서 마침내 카를라와 대결을 벌이고 승리한다. 그런데 결말은 참혹하다. 스마일리가 깨달은 것은 자신 역시 괴물이었다는 것. 그들이 처한 상황이, 그들이 치열하게 목숨까지 내걸며 전개했던 첩보전이, 그들이 헌신하며 수호했다고 생각한 신념 혹은 조국이 허상 혹은 코미디였다는 것이다. 그렇게 잡고 싶었던 카를라를 손에 넣은 후 스마일리는 허탈감에 빠진다. 『침저어』의 후와가 느끼는 것처럼.

코미디다. (…) 애들 스파이 놀이와 다를 바 없는 짓을 국가와 국가가 심각하게 하고 있다. 이게 코미디가 아니면 뭐란 말인가.

모든 것이 엉망진창이다. 동료건 상부건 누구도 믿을 수 없는 상황이다, 누군가는 죽었고 또 누구는 목숨을 내걸고 수사를 하지만 결과는 공허하다. 아무것도 없다. "관료라는 것들의 머릿속에는 보신과 조직 방어 이외에는 아무것도 없는 걸까? 사람이 한 명 죽어 차가운

흙 속에 파묻혔는데도."

후와 같은 졸의 운명만 가혹한 것이 아니다. 아쿠타가와 같은 정치가들의 운명도 크게 다르지 않다. "녀석의 장래를 결정하는 건 자기 자신이 아니다. 하물며 이 나라 국민도 아니다. 이용 가치가 없다면 아쿠타가와는 바로 정치 일선에서 사라질 것이다. (…) 역시 일개 부품. 쓰고 버리는 부속에 지나지 않는다." 너무나도 거대한 권력이나 시스템 혹은 집단 앞에서 개인은 무력하고 나약하다. 심해로 가라앉아 그대로 살아갈 뿐이다.

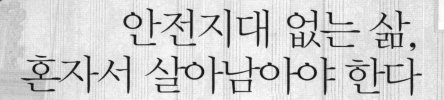

안전지대 없는 삶,
혼자서 살아남아야 한다

{ 주어진 운명 극복하기 }

운명이 있다고 믿는다. 타고난 운이 나쁜 사람도, 좋은 사람도 있다고 생
각한다. 그것은 어쩔 수 없다. 하지만 운명이, 처음부터 끝까지 전부 결정
된 영화 같은 것은 아닐 게다. 겨울이 와도, 여름이 와도 저마다 모양은 다
르다. 누군가는 혹독한 겨울에도 굳건하게 살아남는다. 누군가는 몸서리
치다가 얼어 죽기도 한다. 똑같은 시련이 주어져도, 많은 경험을 통해 대
처하는 방법을 배우고 힘을 기른 후에 맞이하는 시련은 다르다. 그러니까
시련은 극복하는 것이 아니라 받아들이는 것이다. 받아들이고, 그 다음에
자신이 어떻게 나아갈지를 선택하는 것.

기발한 미술품
강탈 계획

『대회화전』
모치즈키 료코

일본의 버블 경제가 극에 달했던 1980년대 말, 세계의 미술 시장이 들썩였다. 일본이 막대한 자금력을 바탕으로 엄청난 물량의 미술품을, 비싼 가격으로 사들였기 때문이다. 1987년부터 1990년까지 일본이 사들인 해외 미술품 수는 당시 전 세계에서 거래된 미술품의 절반 이상이었다. 그동안 매입가는 계속해서 사상 최고가를 갈아치웠고, 일본 미술 시장의 거래 총액은 1987년 2천억 엔에서 시작해 절정기인 1990년에는 1조 5천억 엔으로 뛰었다. 막대한 돈으로 미술품을 사들여도 제대로 대중에게 공개한다면 큰 문제는 없다. 하지만 일본은 그러지 않았다. 당시 막대한 돈으로 사들인 미술품의 상당수는 버블 경제의 붕괴와 함께 은행에 담보로 넘어가는 신세가 되었다. 은행은 담보물인 미술품을 전시하는 대신 창고에 쌓아뒀다. 그들에게 미술품은 인류의 소중한 문화 예술이 아니라 단지 자산일 뿐이었으니까.

　모치즈키 료코의『대회화전』은 당시의 비상식적인 상황을 배경으로 깔고 전개된다. 책 표지에 그려진 그림은 고흐의 〈가셰 박사의 초상〉이다. 〈가셰 박사의 초상〉은 뉴욕 크리스티 경매장에서 당시 미술 경매 사상 최고가인 8,250만 달러에 제지회사 명예회장인 사이토 료헤이에게 팔렸다. 사이토가 사망한 후 비공개로 매각된 그림은 지금까지도 대중에게 공개되지 않았다.『대회화전』은 그러한 사실에 픽션을 가미하여, '루비'라는 가상의 경매장에서 〈가셰 박사의 초상〉이 일본의 화상에게 1억 2천만 달러에 팔리는 것으로 시작된다.

　〈가셰 박사의 초상〉과 아무 상관도 없는 남녀가 있다. 시골 유지의 장남인 소스케는 시부야에서 호기롭게 디자인 사무실을 시작하지만 애초에 그럴 그릇이 아니었다. 남의 눈에 보이는 것만을 중시하고, 돈이 생기면 일단 즐기고 보는 소스케는 결국 소비자 금융에서 돈을 빌리는 지경까지 이른다. 긴자의 호스티스였던 아카네는 사장에게 진 막대한 빚 때문에 야반도주했다. 악착같이 돈을 모아 도쿄에서 작은 스낵바를 열었지만 여전히 도망치는 신분이라는 것을 자각하고 있다. 소스케와 아카네에게는 많은 돈을 벌 수 있다는 제안이 오지만 결국 더 많은 빚만 남게 된다. 궁지에 몰린 소스케와 아카네에게 다시 구원의 손길이 접근한다. 은행 창고에 잠자고 있는 〈가셰 박사의 초상〉을 함께 훔치자는 것이다. 컨테이너에 잠들어 있는 200억 엔어치의 다른 그림들과 함께.

간단하게 줄거리를 요약했지만 『대회화전』은 이런 설명만으로는 어떤 소설인지 짐작하기 힘들다. 『대회화전』은 영화로 치면 〈오션스 일레븐〉 같은 케이퍼 무비(범죄자들이 모여 무엇인가를 강탈하는 과정을 그린 영화)라고 할 수 있다. 소스케와 아카네에게 시로타라는 남자가 나타나고, 함께 은행 창고를 털기 위한 계획을 세워 실행하는 이야기니까. 그런데 『대회화전』은 단지 훔치는 과정의 치밀함과 반전만으로 멈추지 않는다. 소스케와 아카네는 어쩔 수 없이 말려든 사람이다. 모치즈키 료코는 그들의 인생, 그들의 생각도 섬세하게 보여준다. 오랫동안 남자들 곁에서 살아온 아카네를 통해 이런 대사도 곁들이면서.

남자란 자신이 인기 없다는 사실을 자각하는 것을 굉장히 슬퍼하는 생물이었다. 달콤하게 말을 걸어주면 기뻐하며 돈을 내놓는다.

『대회화전』에는 많은 사람이 등장한다. 버블시대에 미술품을 사들이면서 엄청난 이득을 올린 '경제 야쿠자'도 있고, 그들과 엮이면서 어쩔 수 없이 부정행위에 가담하게 된 사람도 있고, 아슬아슬하게 선을 지키면서 거액의 미술품을 사들여 유명해진 화상도 있고, 뛰어난 재능이 있지만 여전히 배를 곯으며 세상을 원망하는 화가도 있다. 혹은 사랑하는 여자가 〈가셰 박사의 초상〉을 사달라고 했지만 경매에서 놓치는 바람에, 십 년이 넘게 그림을 손에 넣기 위해 애를 쓰는 외국인도 있다. 2차 대전 당시 〈가세 박사의 초상〉이 나치에게 압수되면서 복잡해진 소유권을 주장하는 사람들과 미술관도 있다. 그들 모두가 『대회화전』의 '미술품 강탈사건'에 직간접적으로 얽혀 있고, 모치즈키 료코는 그들의 사정 모두를 비교적 상세하게 설명해준다.

일단 이해관계가 성립되면 서로 도울 수밖에 없었다. 서로의 이해 관계가 맞물려 하나의 톱니바퀴가 되고 나면 그 안에 있는 인간은 톱니바퀴에서 손을 뗄 수가 없는 법이었다.

『대회화전』은 서로 접점이 없는 것 같은 사람들의 이야기를 세세하게 보여주다가, 그들이 만나 뭉치는 순간부터 빠르게 달려간다. 케이퍼 무비의 즐거움이 그렇듯 『대회화전』에서 미술품을 훔치는 과정의 드라마틱한 상황과 반전은 흥미진진하다. '강탈'의 과정을 즐기는 것만으로도 만족스럽다. 그리고 모든 상황이 완료되면 『대회화전』이 왜 그리 많은 사람의 이야기를 장황하게 설명해주었는지 알게 된다. "기획한 사람과 이득을 얻는 사람과 실행하는 사람 사이에 접점이 없어야 했기 때문"이다. 아무런 접점이 없는 사람들이 하나의 사건에 얽혀 있으므로 그들 모두의 사정을 일일이 보여준 것이다. 그들이 이 사건에 어떻게 들어오고, 어떤 역할을 하는지를 드러내기 위해.
　기발한 미술품 강탈의 과정을 보여주는 동시에 『대회화전』에서는 '미술'에 대한 애정을 강하게 드러낸다. 〈가셰 박사의 초상〉을 훔친 주범의 입에서 이런 말이 나온다. "저는 그림에 대한 자신의 의무를 다하고 싶었습니다. 우리가 이 세계에 입힌 상처를 지우고 싶었습니다." 개인적인 복수도 있지만, 모든 사건의 핵심에는 결국 '미술'이 있다. 이 소설의 제목이 '대회화전'인 이유도 그것이다. 미술품은 대중에게 보여야 하고, 그 작품을 그린 화가의 열정과 바람에 공감해야 한다. 그림을 돈으로 사고, 창고에 처박아두고, 자기들끼리 주고받는 행위에 대체 어떤 의미가 있는가.

거장이라 불리는 사람들의 그림이 사람들에게 감명을 주는 것은 사실은 그림의 완성도 때문이 아니라 시대를 그림 속에서 보여주고 있기 때문인 겁니다. 그림 속에는 언어라는 비문화적인 필터를 거치지 않은, 시대의 어느 순간의 진실이 담겨 있습니다. 화가는 시대를 남기는 일에 생명을 전부 불태우기 때문에 슬픈 겁니다.

삶의 모순을 인간의 힘으로 해결할 수 있을까?

「봄에서 여름, 이윽고 겨울」
우타노 쇼고

운명이란 있을까? 없을까? 아무리 철저하게 미래를 계획하고 준비해도 예상과는 전혀 다르게 벌어지는 일들이 있다. 그냥 우연이라고 말할 수도 있다. 하지만 예감이란 게 있다. 이런 일들이 닥친 것은 단지 우연일 뿐, 이라고 말하기에는 망설여지는 순간들이 가끔 있다. 그 사건이 없었더라면 좋겠지만, 그 사건들이 결국 나를 만든 것이란 생각이 들 때도 있다. 일본의 도호쿠 대지진 같은 사건은 어떨까? 해일이 닥친 지역에 살고 있던 사람들에게 그런 미증유의 사건은 예측할 수도, 준비할 수도 없는 사건이었다. 해일은 그야말로 운명처럼 한 사람 한 사람의 인생을 휩쓸고 지나갔다. 그걸 누구는 우연이라고 받아들일 것이다. 하지만 누구는 운명이라고 생각하며 자신의 인생

행로를 조정할 수도 있다.

지방 소도시 대형 마트의 보안 책임자 히라타 마코토의 인생도 그랬다. 히라타는 본점에서도 잘나가는 직원이었고, 곧 임원으로의 승진이 내정되어 있었다. 아내와 딸이 있는 가정에서도 문제가 없었다. 지나치게 일을 열심히 하긴 했지만 가족과도 잘 지냈다. 그런데 사고가 생긴다. 자전거를 타고 돌아오던 딸 하루카가 뺑소니 사고를 당해 사망한다. 아내는 자책감 때문에 정신 이상에 빠지고 히라타는 일에 집중할 수가 없었다. 아니 억울하게 죽은 딸을 위해, 엉망진창이 된 아내를 위해 뭐라도 해야 했다. 그 후로 모든 것이 바뀌었다. 히라타는 이렇게 인생이 변할 거라고 과거에는 단 한 번도 생각해본 적이 없었다.

히라타 마코토의 '히라'는 평범을 뜻한다. (…) 이름이 평범하니 체격도 보통, 살집도 보통, 특별히 잘하는 과목도 없고 못하는 과목도 없는, 자기소개하기가 아주 난감한 학생이었다. 자신은 이대로 세상에 묻혀 나이를 먹어가겠구나, 하고 히라타는 평범한 장래를 상상했다. (…) 일본의 평범한 샐러리맨의 모습이었다. 열렬한 연애는 아니지만, 그렇게 하는 것이 당연하다는 생각으로 적령기에 결혼을 하고 아이를 낳았다. 가정보다 일을 우선하는 아버지와 집안일을 야무지게 돌보며 취미생활에 바쁜 엄마, 엄마와는 나이 차 있는 자매 같지만 아빠는 다소 무시하는 딸, 홈드라마에서 그려지는 전형적인 가정이었다. 히라타는 평범하게 나이를 먹어갔다. 그런데 딸이 교통사고로 목숨을 잃었다. 아내는 자살했다. 자신은 암선고를 받았다. 정신을 차리고 보니 평범과는 무관한 삶을 살고 있었다. 어디서부터 잘못된 걸까.

모든 것을 놓아버리고 살아가던 히라타는 마트에서 물건을 훔치던 스에나가 마스미를 만난다. 딸과 같은 해에 태어난, 딸이 살아 있다면 같은 나이일 여인. 연정 같은 건 추호도 없다. 그저 마음이 흔들릴 뿐이다. 그래서 아무런 대가 없이 마스미의 도둑질을 눈감아주고, 가끔 만났을 때 호의를 베푼다. 그렇게 일은 시작된다. 마스미는 매맞는 여자의 전형이다. 어찌어찌 흘러들어온 소도시에서 남자를 만난다. 처음에는 다정하게 대해주던 남자와 동거를 시작하지만 곧 본색이 드러난다. 남자는 돈을 벌지도 않고 마스미를 술집에 보낸다. 마음에 안 들면 폭력을 행사한다. 다음 날이면 용서를 빌고 더 다정하게 대해준다. 기껏해야 하루 이틀. 그러면 여자는 생각한다. 이 남자는 참 다정한데 욱하는 성질이 문제야. 그러다가 또 생각한다. 이 다정한 남자가 욱하는 이유는 내가 잘못해서야. 내가 좀 더 잘해야지. 그렇게 마스미는 맞으며 살아가다가 히라타를 만난다.

아마도 이대로 간다면 마스미는 평생 그 남자의 손아귀에서 벗어나지 못할 것이다. 그게 마스미의 운명일지도 모른다. 히라타와 마스미의 만남은 운명이었을까? 우연이 겹쳐진 사건들이 아니었다면 그들은 결코 만나지 않았을 것이다. 하지만 그들은 만났고, 히라타는 마스미에게 제안을 한다. 운명을 바꿔볼 생각이 없느냐고. 돈을 주겠다. 이 돈을 갖고 싶다면, 그 남자에게서 벗어나라. 어딘가로 도망쳐도 좋고, 그것이 운명이라면 다시 돌아와도 어쩔 수 없다. 단 한 번도 자신의 운명을 스스로 이끌어가지 못하고 끌려다니기만 하던 마스미는, 과연 도망칠 수 있을까?

『봄에서 여름, 이윽고 겨울』은 가혹하다. 남과 여. 전혀 다른 상황에 있는 그들의 운명은 참 서글프다. 운명이란 것을 곰곰이 생각하게 한다. 그런데 우타노 쇼고는 단지 그것만으로 끝내지 않는다. 우타노 쇼고는 치밀하게 비밀과 트릭을 감추어두는 본격 미스터리의 거장이기도 하다.『벚꽃 지는 계절에 그대를 그리워하네』를 읽을 때는 마지막 순간에 트릭을 알아내고 정말로 멍해졌다. 선입관이란 게 이렇게 무섭다니. 우타노 쇼고가 숨겨둔 비밀을 알아낸 순간 이야기의 색깔 자체가 바뀌어버렸다. 그러니『봄에서 여름, 이윽고 겨울』의 이야기가 오로지 직선으로 흐를 것이라고는 생각하지 않았다. 반전을 넘어선 무엇인가가 있을 것이라고 생각했다.

그리고, 있었다.

기본적으로 해피엔딩을 좋아하지 않아 그런지 저는 '언해피엔딩' 작품이 많습니다만, 해피엔딩 스토리를 기대하는 독자분들도 많지 않을까, 라는 생각이 들었습니다. 그래서 보는 각도에 따라 어느 쪽일 수도 있는 결말을 시도해보았습니다. 『봄에서 여름, 이윽고 겨울』은 여러 의미에서 지금까지 해보지 않은 것들을 고려한 작품입니다. 지금, 독자 여러분의 반응을 기다리는 저의 감정 역시 이렇기도 하고 저렇기도 합니다. 저는 즐거운 것일까요, 두려운 것일까요? (우타노 쇼고의 인터뷰 중에서)

우타노 쇼고의 말처럼 『봄에서 여름, 이윽고 겨울』은 하나의 의미로 단정하기 힘든 반전을 가지고 있다. "인간사란 애초에 모순으로 차 있다. 히라타 마코토와 스에나가 마스미에 한하지 않고, 모든 사람의 인생이 마찬가지다." 그 모순을 인간의 힘으로 해명해보고자 하는 미스터리 소설이 있다. 우타노 쇼고의 특기도 그것이다. 히라타도 마스미도 자신의 운명에 맞서기 위한 모험을 감행한다. 그것이 끔찍한 진실이건, 화사한 거짓이건 그다지 중요하지 않다. 다만 그들의 선택에 후회는 없었을 것이다. 아니 후회가 있다 해도, 기꺼이 받아들였을 것이다. 운명이란 그런 것이다. 단지 다가오는 것이 아니라 운명을 받아들이는 자신의 선택과 태도가 더욱 중요한 것.

교육받은 대로
살지 않겠다

『나는 살인자를 사냥한다』
배리 리가

『트와일라잇』이 소설에 이어 영화로도 대성공을 거둔 후 '영 어덜트' 시장이 비약적으로 확대됐다. 원래 '영 어덜트'는 소비자를 연령별로 세분화했을 때 22세에서 25세까지를 칭하는 말이다. 그런데 문학에서의 '영 어덜트'는 아래로는 10대 후반, 위로는 30대 초반 독자까지 확장된다. 어른을 지향하는 10대부터 여전히 사춘기 감성을 소유한 어른까지라고나 할까. 영화로 비유하면 '키덜트'라고 불리던 사람들을 끌어들인 80년대의 블록버스터 전략과도 흡사하다. 달콤한 연애와 직장생활을 그린 '칙 릿'과 현실의 도시에서 벌어지는 '어반 판타지'의 결합이라고 할 수 있는 『트와일라잇』은 뱀파이어와 늑대인간이라는 전통적인 '괴물'을 로맨틱한 영웅으로 변모시켰다. 10대의 아웃사이더 감수성과 일탈 욕구의 반영이었다. 이후 '영 어덜트'는 신과 천사부터 좀비까지 모두 포용하는 관대함을 보였다. 가혹한 생존 투쟁과 저항 정신을 보여주는『헝거 게임』이나 세대 간의 갈등을 SF적 상상력으로 묘사하는『스타터스』같은 사려 깊은 작품들도 등장했다.

영 어덜트는 수많은 문화 원형과 상상력을 동원하여 이채로운 캐릭터를 만들어냈다. 뱀파이어, 늑대인간, 좀비, 슈퍼히어로, 외계인, 데미갓, 천사, 악마 등등 온갖 캐릭터들이 등장했다. 하지만 배리 리가의『나는 살인자를 사냥한다』의 주인공 재스퍼 같은 '사이코패스' 캐릭터가 등장할 것이라 예상하기는 쉽지 않았다.

재스퍼는 17세의 고등학생이다. 겉으로 보기에는 전혀 이상할 것이 없는, 오히려 대단히 매력적이어서 특히 연상의 여성들이 쉽게 빠져드는 훈남이다. 그런데 재스퍼는 보통 고등학생이 아니다. 정확히 말하면 그의 아버지가 보통 사람이 아니다. 재스퍼의 아버지 빌리 덴트는 무려 세 자릿수의 희생자를 기록한 연쇄 살인마다. 어머니는 생사도 모른 채 실종되었고, 아버지는 4년 전에 체포되어 감옥에 있다. 정말로 끔찍한 가족사다.

단지 배경, 가족사만이라면 그나마 낫다. 재스퍼는 일곱 살 때부터 아버지의 '살인' 교육을 받아왔다. 사람을 어떻게 유혹하는지, 돌발 상황에 어떻게 대처하는지, 무력으로 어떻게 상대를 제압하는지 등을 모두 배웠다. 물론 칼질을 어떻게 하는지도. 제스퍼는 아버지가 공들여 모아놓은 기념품들을 모두 기억하고, 때로 아버지의 범행을 지켜보았고, 원하지는 않았지만 간접적으로 도와주기도 했다. 아버지가 체포된 열세 살 때까지 평범한 아이들과는 전혀 다른 교육을 받은 재스퍼는, 그들과 전혀 다른 유형의 인간이 되었다. 그것을 트라우마라고 불러도 좋다. 혹은 PTSD(외상후스트레스장애)라고 부를 수도 있다. 정확한 용어가 무엇이든, 그것이 열일곱 살의 재스퍼를 규정하고 있다. 살인자는 아니지만, 언제라도 살인자가 될 수 있는 소년.

　사람이 중요하다. 사람이 중요하다. 사람은 실제로 존재한다. 바비 조 롱을 잊지 말자.

　재스퍼는 날마다 이 말을 되뇐다. 바비 조 롱은 자신이 납치한 여성을 풀어줬다. 그녀가 도망쳐서 신고하면 자신이 잡힐 것이라는 사실을 알면서도. 바비는 붙잡히고 싶었던 것이다. 끔찍한 범죄를 저지를 수밖에 없는 자신을 알기에, 누군가 자신을 멈춰주기를 바랐던 것이다. 재스퍼도 마찬가지다. 자신의 감정이 타인과 다르게 움직인다는 것을 안다. 끔찍한 고통을 당했을 시체를 보아도 연민보다는 분석이 앞선다. 흉기는 무엇이고 어떻게 칼질을 당했는지를 먼저 떠올린다. 지금 내 앞에 있는 상대를 어떤 말과 표정, 행동으로 현혹할 수 있는지 알고 있다. 나에게 호감을 느끼고, 나의 말 한마디에 넘어오게 할 수 있다. 일곱 살 때부터 배웠으니까. 재스퍼는 자신이 사이코패스라고 생각한다. 하지만 '사람은 중요하다'는 것을 절대로 잊지 않고, 연인인 코니와 친구인 하위를 생각하는 마음이 영원하다면 결코 자신이 살인자가 되지 않을 것이라고 믿는다. 그렇게 재스퍼는 모든 것으로부터 거리를 둔 아웃사이더다.

내재된 악마와 싸우고 있었고, 그 자신이 가지고 있는 힘과 능력을 두려워하고 있기는 했지만, 재즈가 무엇을 극복해야 하는지, 그의 성장과정이 어땠는지를 이해할 수 있는 사람은 이 세상에 아무도 없었다.

『나는 살인자를 사냥한다』는 '재스퍼 덴트 시리즈'의 첫 번째 권이다. 이 책에서는 직접 살인자를 사냥하는 이야기는 나오지 않는다. 만화 스토리 작가이기도 했던 배리 리가는 영 어덜트물의 최근 경향을 잘 알고 있다. 1권에서는 발단으로도 충분하다. 1권에서 필요한 것은 재스퍼 덴트가 어떤 인물인지 자세하게 알려주는 것이다. 재스퍼는 자신이 다르다는 것을 알고 있다. 남들의 시선도 중요하게 생각한다. 아직은 어린 재스퍼는 계속해서 실수를 거듭하고, 하지만 전진한다. 『나는 살인자를 사냥한다』에서 가장 중요한 사건은 재스퍼 덴트가 '내가 누구인가'라는 질문에 답을 내리는 것이다. 나도 아버지처럼 되는 것일까? 아버지가 자신을 여전히 옭아매고, 미래까지 조종한다는 생각에서 재스퍼는 좀처럼 벗어나지 못한다. 『나는 살인자를 사냥한다』는 바로 그 이야기, 재스퍼 덴트가 홀로 서는 '자립'의 과정을 그리고 있다. 자신도 아버지처럼 될 것이라는 두려움에서 벗어나 자신의 위치를 '살인자'에서 '살인자를 사냥하는 자'로 역전시키는 것. 그것이야말로 재스퍼가 성인이 되는 첫걸음이다.

아버지가 가르쳐준 지식들을 이용해 다른 사람을 괴롭히는 것만이 아니라 그 이상의 일을 할 수 있다는 것을 입증해 보일 거야. 뭔가 좋은 일을 할 수 있다는 것을 보여줘야지.

살인자를 사냥하는 자라면 덱스터가 떠오른다.『음흉하게 꿈꾸는 덱스터』등 소설과 드라마로 인기를 누리고 있는 덱스터는 어린 시절 사이코패스의 징후를 보인 후 경찰이었던 양아버지에게 살인마를 사냥하는 방법을 배운다. 재스퍼는 반대로 살인자에게 교육을 받았지만 살인자의 마음을 가장 잘 이해하고 방법까지 알고 있다는 것은 같다. 다만 '덱스터 시리즈'는 어른의 이야기이고 덱스터가 사회에서 좌충우돌하며 보통 사람의 생활과 마음을 배우는 과정을 그린다는 점이 다르다. '재스퍼 시리즈'는 그보다 가볍고 드라마틱하게 전개될 것 같다.『나는 살인자를 사냥한다』를 읽으면 범죄 드라마의 파일럿 프로그램을 보는 기분이 든다. 중심 캐릭터들을 보여주고 기본적인 설정을 통해 미래의 사건들이 어떻게 진행될지를 보여주는 것.

『나는 살인자를 사냥한다』는 보통의 범죄소설과는 조금 다른 결을 지니고 있다. 그걸 '만화적'이라고 부를 수도 있을 것이다. 혹은 전형적인 영 어덜트물이라고도. 대단히 심각하게 전개할 수도 있겠지만 굳이 그런 지점까지 들어가지 않는다. 보통의 미국 드라마처럼 거대한 악의 조직 같은 것들을 슬쩍 보여주고 주인공이 그들을 쫓게 한다. 처음에는 살인자가 되기를 거부하는 소년의 자기 번민이 중심인 것 같지만, 책을 덮고 나면 이 소년이 앞으로 어떤 '살인자'들과 대결을 펼치게 될 것인지가 궁금해진다.

누구도 어린 시절의 기억에서
도망칠 수 없다

『아이언 하우스』
존 하트

책을 볼 때, 제일 먼저 표지를 본다. 다음은 뒤표지를 보고 작가 소개와 차례 순으로 넘어간다. 존 하트의 『아이언 하우스』를 봤을 때, 표지에 적힌 "그녀를 지키기 위해서라면 지옥이라도 가겠다"라는 문구에 혹했다. 개인적으로 가장 좋아하는 이야기 중 하나는 연인이나 가족 등 무엇인가를 위해 자기의 모든 것을 걸고 싸우는 이야기다. 절망적인 상황이라면 더욱 좋다. 영화 〈맨 온 파이어〉나 〈킬 빌〉처럼.

뉴욕 갱 조직에 소속된 킬러인 마이클은 엘레나와 사랑에 빠진다. 죽음을 목전에 둔 보스는 마이클이 조직을 떠나는 것을 허락한다. 하지만 마이클과 형제처럼 자란 보스의 아들 스티븐과, 마이클을 최고의 킬러로 만들어낸 지미는 그의 이탈을 허락하지 않는다. 각자 이유가 있다. 스티븐은 마이클에게 열등감을 느꼈다. 피를 나눈 아버지가, 자신보다 마이클을 더 아끼고 이해한다고 믿었다. 그건 사실이었고, 아버지는 스티븐의 천박함에 고개를 저었다. 전형적인 사이코 킬러인 지미는 보스가 죽은 후, 자신이 보스가 되어 마이클과 함께 뉴욕을 장악할 수 있다고 믿었다. 그런데 마이클은 고작 여자 때문에 자기 곁을 떠난다고 한다. 그건 불가능한 일이다. 마이클도 잘 알고 있다.

이 삶에서 우아하게 빠져나가는 방법은 절대 없다는 걸. 이 일은 너무 많은 사람에게 개인적인 자존심이 걸린 문제가 돼버렸다.

마이클과 엘레나는 도망쳐서 일단 몸을 추스른다. 그리고 마이클의 동생이자 약점인 줄리앙을 찾아간다. 고아원인 '아이언 하우스'에서 헤어졌던 줄리앙을 스티븐이 노리고 있다. 상원의원 부부에게 입양된 줄리앙은 베스트셀러 동화작가가 되었지만 여전히 유년의 공포에서 벗어나지 못하고 있다. 게다가 마이클과 엘레나가 줄리앙을 찾아간 날은 마침 뭔가에 충격을 받아 제정신이 아니었다. 마이클과 엘레나는 상원의원의 사유지에서 하룻밤 머무르기로 한다. 그리고 『아이언 하우스』는 예상과는 다른 길로 접어든다. 전직 킬러를 쫓는 악당들과의 혈투를 예상했지만, 현재까지 이어지는 마이클과 줄리앙의 과거라는 망령 속으로 『아이언 하우스』는 달려간다.

잠시, '이건 뭐지'라고 생각했지만 이내 빨려들었다. 존 하트는 마이클과 엘레나를 그저 위기에 맞서 싸우는 연인으로 그리기를 원치 않았다. 정확하게 말한다면 『아이언 하우스』는 유년의 학대와 공포에서 어떻게 벗어나는지, 아니 그런 고통을 겪고도 어떻게 살아남을 수 있는지에 대한 이야기다.

줄리앙의 소설은 아이들을 위한 책이지만, 일부에서는 지나치게 어둡고 잔인하다며 금지하기도 했다. 줄리앙의 메시지는 한결같았다. "세상은 잔인한 곳이고 아이들은 자신들이 아는 것보다 훨씬 더 강해질 수 있다는 것이었다. (…) 아이들에게 진실을 말해주지 않는 것은 또 다른 종류의 잔인한 행위라고 그는 종종 말하곤 했다."

태어난 지 얼마 되지 않은 줄리앙과 10개월 된 마이클은 숲에 버려졌다. 고아원 '아이언 하우스'는 숲보다도 끔찍한 곳이었다. 줄리앙은 늘 괴롭힘을 당해 손가락이 부러지고 깊은 상처를 입었다. 그때마다 마이클이 복수를 했지만 집단 괴롭힘은 사라지지 않았다. 사고가 생겨 아이언 하우스를 뛰쳐나와 뉴욕으로 갔을 때 마이클은 알았다. "무엇보다 생존이 우선인 것이다. (…) 사람들은 거짓말을 하고, 살인을 한다. 그 진실이 마이클의 중심을 너무나 세게 칭칭 감고 이제 그의 일부가 돼버렸다." 그렇게 마이클은 투쟁했고, 킬러가 되었다. 그의 보스가 마이클을 발탁한 것도, 자식보다 아낀 것도 그런 이유였다.

그런 철저한 고독과 두려움은 둘 외에는 아무도 이해할 수 없기 때문에, 노인은 그런 시간 덕분에 두 사람이 명확한 판단력을 가지고 강해질 수 있었다고 말했다. 그 때문에 스티븐은 마이클을 증오했다. 자신은 나눌 수 없었던 아버지와의 끈끈한 유대감이 마이클에겐 있었기 때문에.

노인과 마이클은 닮았다. 삶에 대한 목표도 비슷했다. "노인과 마이클은 스스로에 대해 아무런 환상도 없었고 헛된 욕망도 추구하지 않았다. 그들에게 힘이란 음식과 거처와 안전을 확보할 수 있는 도구에 지나지 않았다. 혹독한 어린 시절이 남긴 교훈이었다." 그런 마이클이 엘레나에게 반한 것은 그녀가 전혀 다른 사람이었기 때문이다. "그녀는 매 순간이 지난 순간보다 훨씬 더 좋을 것이라고 믿는 사람이었다. 그녀는 사람들이 근본적으로 선하다고 믿으며, 그래서 색깔을 잃어버린 우중충한 무색의 세상에서 화려한 색깔로 빛나는 사람이었다." 세상에 대한 희망과 설렘으로 가득 찬 엘레나는 마이클에게 새로운 세계를 보여주었다. '자신이 껴안고 살았던 세계가 너무 좁았던 것'에 한탄했던 노인은 엘레나를 선택한 마이클의 결정에 동의하고 축복해주었다.

하지만 조직이 그들을 쫓기 시작하는 바람에 마이클이 킬러였다는 것을 알게 된 엘레나의 충격은 극심할 수밖에 없다. 마이클이 맨정신으로 사람을 죽이는, 어둡고 거친 밤의 세계에서 살아온 남자라는 것을 믿을 수가 없었다. "그녀가 알고 있는 세계가 무너져버려서 지금도 간신히 버티고 있는 중이었다." 하지만 극한의 과정을 겪으면서 엘레나도 조금은 이해하게 된다. 고통을 겪으면서 지옥을 이겨내는 방법을 처음으로 배운다. "처음으로 엘레나는 마이클이 그녀를 찾아내길, 그리고 자신이 지켜보는 가운데 지미를 죽여주기를 기도했다. 그녀의 손바닥에서 퍼져가는 이 새로운 분노는 미처 느껴보지 못한 새로운 느낌이었다. (…) 그녀의 무력함을 차갑게 씻어 내리면서 처음으로 진정한 희망의 맛을 보게 해줬다."

『아이언 하우스』는 마이클과 악당들의 싸움을 강조하는 액션 스릴러가 아니다. 성장과정에서의 고통이 어떤 인간을 만들어내는지, 그 깊은 어둠을 파고드는 스릴러다. 존 하트는 계속해서 미스터리를 던져준다. 줄리앙에게 숨겨진 비밀은 대체 무엇일까? 줄리앙을 입양한 엄마 애비게일이 숨기는 과거는 무엇일까? 어째서 아이언 하우스의 망령이 지금 다시 나타난 것일까? 마이클은 당장 악당들과 싸우는 것도 중요하지만, 그 비밀들을 밝혀내지 않고는 한 걸음도 나아갈 수 없다는 것을 알고 있다. 마이클, 줄리앙, 애비게일 등 과거에 얽매여 있는 사람들 누구나 마찬가지다.

그들은 누구나 더 나은 사람이 되고 싶어 했다. 그것만이 유일한 희망이었다. 하지만 그렇다고 해서 그들이 다른 사람이 되는 것은 아니다. 마이클은 만약 자신이 줄리앙과 함께 애비게일의 아들로 입양되었다면 어떤 인생을 살았을까를 생각해본다. 답은 금방 나온다.

"아마 똑같은 사람이 됐겠지. 그는 그렇게 판단했다. 사람은 덜 죽였겠지만."

줄리앙은 베스트셀러 작가가 되었지만 뼈저리게 느끼고 있다. 그 어둠이 여전히 그의 마음속에 있다는 것을. 그건 지워지지도 않고, 완전히 몰아낼 수도 없다. "그가 아무리 많은 걸 이뤄냈더라도, 그는 항상 아이언 하우스 출신의 소년일 것이다. 항상 쫓기고 위험에 노출된 채, 어두운 구석에 너무 가까이 다가갔다는 느낌을 받으며 살아갈 것이다." 그러면서 조금씩 성장해갈 뿐이다. 어둠과 함께.

『아이언 하우스』는 강인한 소설이다. 지독한 고통 속에서 살아남은 이들은, 현재에도 오로지 '생존'을 위해서 발버둥 치고 있다. 어떤 이상이나 희망을 위해서가 아니라, 지금 이곳의 생존을 위해서 살아간다. 때로는 진실 대신 따듯한 거짓을 택하기도 하면서. 그건 위선이 아니라 위안이다.

우린 의심하면서도 살아갈 수 있어.

(…)

우릴 무너뜨리는 건 바로 진실이야.

복지 국가의
갱스터 스릴러

「이지 머니」
옌스 라피두스

생각해보면 1990년대에는 북유럽에 대한 환상이 있었던 것 같다. 1989년, 베를린 장벽이 무너지는 것을 목도했다. 동독이란 국가가 사라지고 소련은 해체되어 러시아가 되었다. 사회주의 혁명의 종주국이 자진 투항한 것이었다. 스스로 좌파라고 믿었던 사람들에게서 사회민주주의가 새롭게 떠올랐고, 일찍이 사회주의 정책을 도입하여 안정된 자본주의 사회를 이루고 있는 북유럽에 눈길을 돌리기도 했다. 1995년에는 홍세화의 『나는 빠리의 택시 운전사』가 나와 인기를 끌었다. 똘레랑스에 기초를 둔 자유로운 사회.

1999년 노르웨이 영화 〈정크 메일〉을 봤다. 다른 사람의 우편물을 내버리고 몰래 뜯어보기도 하는 오슬로의 우편배달부가 주인공이었다. 그는 별다른 희망도, 즐거움도 없이 살아가며 자신의 책임을 방기한다. 〈정크 메일〉을 보면서 영화 자체보다 눈에 들어온 건 빈민가의 풍경이었다. 할리우드 영화에서 흔히 보던, 마약 중독자들이 가득한 빈민가. 사회 구성원 전체의 행복을 추구하는 북유럽 사회에도 저런 곳이 있구나. 세상 어디나 사람들이 살아가는 세계란 별 차이가 없구나. 완벽한 사회가 없다는 것 정도는 익히 알고 있었지만, 북유럽에 대해서는 환상이 있었다는 걸 그 영화를 보며 생각했다.

엔스 라피두스의 『이지 머니』를 읽으면서 머릿속에 〈정크 메일〉이 떠올랐다. 북유럽의 빈민가에 사는 마약 중독자들에게는 누가 마약을 공급할까? 『이지 머니』는 스웨덴의 스톡홀름을 장악한 범죄 조직의 이야기다. 범죄 조직이 하는 일이란 어디나 똑같다. 마약, 매춘, 업소의 보호비 갈취, 협박과 폭행. 북유럽에 대한 환상은 깨진 지 오래지만 최근 스티그 라르손의 『밀레니엄』, 요 네스뵈의 『스노우맨』과 『레오파드』, 안네 홀트의 『데드 조커』와 『셰프』 등을 읽으면서 다시 한 번 '사람 사는 것은 어디나 같다'는 말을 되뇌게 되었다. 『이지 머니』가 딱히 충격은 아니었다. 다만 스웨덴에서도 이렇게나 차별과 불평등, 일상화된 범죄가 상존한다는 것이 흥미로웠다.

『이지 머니』의 주인공은 세 명이다. 먼저, 마약을 팔다가 감옥에 들어간 호르헤. 칠레 이민자인 호르헤는 유고인 갱단의 보스 라도반과 수하인 므라도에게 배신을 당하고 감옥생활을 하다가 탈옥한다. 그리고 복수의 칼날을 세운다. 호르헤가 이를 가는 상대인 므라도는 협박, 폭행, 살인 전문의 조직폭력배다. 딸을 생각하는 마음은 여느 아버지와 같지만 일상에서의 므라도는 잔인하고 위험한 범죄자일 뿐이다. 과거에는 동료였지만 지금은 보스가 된 라도반과의 관계가 삐걱거리면서 므라도는 최후의 선택을 하게 된다. 마지막으로 시골 출신의 JW는 어떻게든 상류층에 진입하려고 발버둥 치는 청년이다. 잘생긴 얼굴과 타고난 사교성으로 JW는 상류층 젊은이들과 친해지는 데 성공한다. 문제는 그런 관계를 유지하기 위한 막대한 돈. JW는 불법 택시를 운영하다가 마약을 팔아보지 않겠느냐는 제안을 받고 냉큼 받아들인다.

호르헤, 므라도, JW는 모두 스웨덴 사회의 하층에 속한 인물이다. 게다가 호르헤와 므라도는 이방인이다. 둘 다 여전히 자신의 조국은 칠레와 세르비아라고 생각한다. 자신이 스웨덴의 내부에 끼일 수 없다는 것을 알기 때문이다. 정통 스웨덴인이 아니어도 성공할 수 있고, 사회의 주류가 될 수 있다는 것은 그저 이론상 가능할 뿐이다. 그들은 뼈저리게 알고 있다.

아무리 돈을 많이 써도 그는 결코 그들과 동급이 될 수 없다는 것을 말이다. 호르헤를 비롯해 스톡홀름에 사는 모든 유색인 이민자 출신들은 느낄 수 있었다. 그들이 아무리 열심히 노력하고, 머리에 왁스를 바르고, 제대로 된 옷을 입고, 체면을 차리고, 아무리 번드르르한 차를 몰아도 그들은 스웨덴 사람들과 같지 않았다.

심지어 스웨덴 토박이인 JW조차도 자신이 상류층에 완벽하게 끼일 수 없음을 깨닫는다. 그의 친구들은 JW가 그들과 같은 계급이라고 생각한다. JW는 늘 거짓말을 하고 완벽하게 위장된 삶을 산다. "스스로 생각해도 자신은 사교의 천재이지 싶었다. 영화 〈리플리〉의 스웨덴판이 있다면, 주인공은 바로 JW였다." 그러나 결국 깨닫게 된다. 자신이 그들과 같은 위치에 서려면 아니 최소한 외관상이라도 그들과 어울리는 것처럼 보이려면 '범죄'에 뛰어들어야 함을. 결국 JW의 위치도 호르헤나 므라도와 크게 다르지 않은 것이다.

어차피 이렇게 살도록 예정되어 있던 건가? 스톡홀름 빈민가 출신의 보통 남자가 최대한 성공해봐야 마약 밀매상인가? 어머니가 칠레를 떠나 새로운 나라의 정상적인 시민이 되려고 했을 때 이미 미래는 정해졌던 걸까? 전철에 올라타서 열차가 이미 출발하고 나서야 잘못 탔다는 것을 알게 됐을 때와 같은 상황이었다.

JW는 호르헤와 므라도는 물론 범죄 조직 주변의 사람들에게 동질감을 느낀다.

JW는 대체로 그들과 있으면 마음이 편했다. 스투레플란 친구들과 달리 꾸밈이 없어서 좋았다. 습관 면에서는 그들보다 다소 격이 떨어질지 모르나 속을 들여다보면 여자, 돈, 신나게 즐기며 사는 것처럼 기본적으로 공유하는 가치는 스투레플란 녀석들이나 그들이나 다를 게 없었다.

『이지 머니』를 쓴 옌스 라피두스는 형사 소송 전문 변호사였다. 수많은 범죄자를 직접 대면하고 그들의 사정을 속속들이 알아야 했던 이력이 있다. 『이지 머니』의 뛰어난 점은 그것이다. 범죄자들의 모습이 대단히 리얼하고 세세하게 그려져 있다는 것. 유고, 남미, 중동 지역에서 온 이민자들이 왜 주류사회에 들어가지 못하고 이방인으로 머무르면서 범죄 조직을 만들게 되는지, 왜 그들이 범죄의 삶을 자연스럽게 선택하게 되는지를 보여준다. 또한 범죄 조직이 스웨덴의 상류사회와 어떻게 연결되는지도 놓치지 않는다. 스웨덴의 지배층이 범죄 조직을 이용하며 공생하는 모습도 리얼하게 그려진다.

옌스 라피두스의 데뷔작 『이지 머니』는 최고의 작품은 아니다. 하지만 잘 배치된 주인공, 그들이 서로 얽히면서 진행되는 범죄 조직을 둘러싼 흥미진진한 이야기는 계속해서 뒤를 궁금하게 만든다. JW는 상류층에 진입한다는 목적만이 아니라 스톡홀름에서 실종된 누나의 행방도 찾아야 한다. 탈옥한 호르헤는 다시 마약 조직의 핵심이 되지만 어떻게든 라도반과 브라도에게 복수하려 계획을 세운다. JW와 호르헤는 사악하거나 못된 인간이 아니다. 하지만 그들은 자신이 선택한 것을 이루기 위해 필연적으로 범죄의 한복판으로 빨려 들어간다. 범죄의 세계 그 자체를 묘사한 『이지 머니』는 어떻게 스웨덴이란 사회에서 범죄 조직이 존재하고 성장할 수 있는지를 자세하게 보여준다. 그 리얼리티야말로『이지 머니』의 진정한 매력이다.

해고당하지 않았더라면
살인도 없었을 텐데

『죽은 자들의 방』
프랑크 틸리에

'스릴러란 무엇인가'라고 묻는다면 계속해서 긴장감을 자아내는 이 야기, 앞으로 벌어질 사건들을 궁금하게 만드는 이야기라고 말할 수 있다. 이미 벌어진 사건의 수수께끼를 파헤치는 것에 역점을 두는 것 이 미스터리라면, 스릴러는 연쇄적으로 벌어지는 상황 자체가 더욱 중요하다. 그래서 스릴러는 처음부터 범인을 노출해도 별문제가 없 는 경우가 많다. 추적하는 자 혹은 무고한 사람들과 범인이 어떻게 얽히고 충돌하는가가 더욱 중요하니까. 물론 '미스터리 스릴러'처럼 연속으로 수수께끼를 풀어가며 범인의 정체에 조금씩 다가가는 방 식이 일반적이다.

프랑크 틸리에의 『죽은 자들의 방』은 전형적인 스릴러라고 할 수 있다. 정확히 말하면 미스터리 스릴러. 범인의 마음과 행동을 보여주기는 하지만 '괴물'이라는 식으로 호칭하면서 후반부까지 정체를 숨겨둔다. 『죽은 자들의 방』에서 형사들이 여러 단서를 통해서 범인의 정체를 추정하고 찾아가는 과정은 대단히 중요하다. 그리고 더욱 흥미로운 것은 단지 범인의 정체가 아니라 소녀의 납치를 둘러싸고 얽힌 사람들의 비극적인 운명이다. 그들이 변하고 갈등하고 배신하는 과정이 『죽은 자들의 방』을 더욱 흥미진진하게 만든다.

멜로디라는 이름의 소녀가 유괴되고, 그녀의 아버지가 몸값을 가지고 나섰다가 행방불명된다. 수사에 나선 경찰은 멜로디의 아버지가 차에 치여 죽었을 것으로 추정한다. 하지만 그를 죽이고 몸값을 챙겨 뺑소니친 범인과 멜로디를 납치했다가 죽인 범인은 다른 인물로 추정한다. 아이가 감금된 현장 바로 앞에서 멜로디의 아버지가 차에 치여 죽었다면 유괴범은 뺑소니범이 탄 차의 번호판을 보았을 것이고, 그들 또한 위험에 처해 있을 가능성이 높다.

비고와 실뱅은 6개월 전 해고된 실업자다. 한밤중에 회사 건물에 낙서하러 갔던 비고와 실뱅은 아무도 없는 공장 지대에서 자동차로 사람을 치고 200만 유로가 든 가방을 발견한다. 그들은 아무도 본 사람이 없으니 시체만 감추면 추적당할 일은 없을 거라고 생각한다. 멜로디를 납치한 범인이 그 광경을 지켜보고 있다는 사실은 상상도 하지 못한 채. 비고와 실뱅은 돈을 숨겨놓고 경찰의 용의 선상에서 완전히 벗어날 때까지 기다리기로 하며 백만장자가 될 꿈을 꾼다.

『죽은 자들의 방』의 주인공은 홀로 쌍둥이 딸을 키우는 뤼시 엔빌 형사다. 밤마다 아이들을 돌보느라 수면부족에 시달리지만 언젠가는 현장에서 연쇄 살인범을 잡을 것이라는 희망을 품은 형사. 멜로디가 유괴·살해된 사건에 우연히 개입했다가 엔빌은 유력한 단서를 발견한다. 죽은 멜로디의 모습이 70, 80년대 유행했던 '뷰티 이턴'이라는 인형과 똑같다는 점을 발견한 것이다. 그 사실을 발견한 공으로 수사팀에 합류하게 된 엔빌은 놀라운 직감으로 범인의 정체에 조금씩 다가간다.

　어렸을 때부터 프로파일링, 해부학, 범죄학 등은 물론 흑마술과 신비주의에도 이끌렸던 엔빌의 개성적인 캐릭터는 『죽은 자들의 방』을 이끌어가는 원동력이 된다. 직감적인 수사 능력을 지녔지만 지극히 위태롭고 불안해 보이는 캐릭터. 선배 형사는 엔빌을 보면서 이렇게 생각한다. "면도날 위에서 외줄을 타는 듯한. (…) 그랬다, 면도날 위에서 외줄을 타듯 위험해 보였다." 정확하다. 엔빌 자신도 죽음, 원초적인 어둠 같은 것들에 끌린다는 것을 알고 있다. 위험하다는 것을 알면서도, 빨려 들어가는 것을 어쩔 수 없다. 범인과 홀로 대면하는 가장 위험한 순간, 그녀는 흥분에 빠져든다.

　뤼시는 그렇게 숨어 있던 악마들과 대면하게 되었다. 두려움의 기원을 거슬러 올라가 아예 원초적인 형태의 막이 내린 그 뿌리까지 뽑아버릴 생각이었다. (…) 아 이 순간이 영원히 지속되면 얼마나 좋겠어! 정말 짜릿하잖아. (…) 미쳐도 단단히 미쳤구나! 넌 지금 사악한 존재를 없애려고 온 거야! 이 순간을 즐기려고 여기까지 온 게 아니라고!

멜로디의 입안에서는 늑대의 털이 발견되고 가죽 냄새가 진동하고 있었다. 근처의 동물원에서는 늑대, 원숭이, 왈라비 등이 도난, 살해당하는 사건이 연속으로 벌어졌다. 엔빌은 그 모든 것들이 연결되어 있음을 깨닫고 점점 진실에 다가간다. 그 과정은 흥미롭고 해부학과 박제 등에 대한 지식도 풍부하게 설명되어 있다. 하지만『죽은 자들의 방』에서 흥미로운 것은 그것만이 아니다.

6개월 전, 그랑드 생트에서 평범한 회사원 두 명이 실직자 신세로 전락한 일은 다섯 명의 목숨을 앗아가는 참극을 빚어냈다. (…) 연쇄 살인범의 소행에 버금가는 살육이었다. 이미 연쇄 살인범이라고 해도 무방하지 않은가.

비고와 실뱅은 실업자다. IT 기술자였던 그들은 경제 위기에 휩쓸려 해고당했다. 그리고 하류층으로 굴러떨어졌다. 명품을 살 돈은커녕 당장 난로를 고칠 돈도 없고 다음 달 생활비도 없다. 취업할 때만 해도 아니 사회에 들어오기 전에는 이런 미래가 기다릴 것이라고 생각해본 적이 단 한 번도 없었다. 그들에게 더 이상 미래는 없다. 취업을 해도 임금은 깎일 것이고 언제 해고될지도 알 수 없다. 취업과 해고를 반복하다보면 다시는 취업조차 할 수 없는 날이 올 것이다. 그래서 200만 유로를 보았을 때, 그 돈을 수중에 넣을 수 있다고 믿었을 때 그들은 변해간다. 그들의 마음이, 인간성이 변해가는 것만이 아니라 주변에 폭풍을 일으키며 모든 것을 파괴해간다.

애초부터 사악했을 것만 같은 끔찍한 살인자. 죽은 자들의 방을 만들어가며 더욱 완벽한 제물을 찾는 악마. 뤼시 엔빌이 추적하는 범인은 바로 그들이다. 그런데 그 '괴물'과 비고는 과연 얼마나 다를까? 해고당하지 않았다면, 우연히 차로 사람을 죽이지 않았다면 아마도 비고는 평범한 소시민으로 살아갔을 것이다. 그러나 운명은 그를 비극적인 죽음의 연쇄 고리 속으로 끌고 들어가며, 괴물로 만들었다. 기꺼이 운명을 택하고, 악행들을 저지르게 된 비고는 '괴물'과 다른 존재였을까?

『죽은 자들의 방』은 IT 기술자였던 프랑크 틸리에의 데뷔작이다. 데뷔작답게 야심만만하면서도 조금은 허술하다. 그럼에도 단점은 더욱 큰 장점들에 충분히 가려진다. 마음속의 어둠, 잔혹한 범죄에 연관된 해부학과 동물학 등에 대한 해박한 지식과 함께 소시민의 삶이 일그러지는 과정을 '괴물'과 접합시키는 놀라운 전개를 보여준다. 흥미롭고, 다음 작품이 기대되는 데뷔작이다.

허술한 사회가
괴물을 키워낸다

『지우』
혼다 테쓰야

혼다 테쓰야라는 작가의 이름을 처음 만난 것은 드라마와 영화에서였다. 드라마 〈스트로베리 나이트〉와 〈히토리 시즈카〉, 영화 〈무사도 식스틴〉. 소설『스트로베리 나이트』는 탁월한 직감을 가진 형사 히메카와 레이코를 주인공으로 온갖 극악한 범죄를 다루고 있다. 쾌락 범죄부터 목적의식이 분명한 고위 관료 살해까지.『히토리 시즈카』는 '악녀'라고 부를만한 여인의 기이한 행적을 중학교 시절부터 추적한다.『무사도 식스틴』은 검도를 하는 두 여고생의 우정과 대결을 그리고 있다.『히토리 시즈카』가 차갑고 날카롭다면『스트로베리 나이트』는 우울하면서도 곳곳에 유머가 담겨 있다.『무사도 식스틴』은 상큼한 청춘소설이다.

『스트로베리 나이트』, 『히토리 시즈카』, 『무사도 식스틴』은 모두 여성이 주인공이다. 혼다 테쓰야는 남성이면서도 여성을 잘 그리는 작가다. 혼다 테쓰야가 그리는 여성의 캐릭터는 대단히 개성적이고 강렬하다. 〈스트로베리 나이트〉도 〈히토리 시즈카〉도 〈무사도 식스틴〉도 드라마와 영화를 보는 동안 그녀들에게 강하게 끌렸다.

『스트로베리 나이트』의 히메카와 레이코는 강간을 당하고 칼에 찔린 트라우마가 있다. 그녀는 범죄자의 마음을 알고 있다. 그녀는 범죄의 희생자였고 이후 그녀의 마음속에는 분노와 살의가 들끓었기 때문이다. 『히토리 시즈카』 주인공 시즈카는 어릴 때 의붓아버지에게 성폭행을 당했다. 누구도 그녀를 도와주지 않았다. 상처 입고 고통받아도 돌아보지 않는 어른들을 미워했던 시즈카는 자신만의 윤리를 만들어낸다. 『무사도 식스틴』의 카오리와 사나에는 상극이다. 검도를 하는 아버지 밑에서 자란 카오리는 지는 것을 싫어하고 무사로서의 삶을 지향한다. 사나에는 평범한 가정에서 다정하게 자랐다. 언제나 밝고 부드럽다. 상극의 카오리와 사나에가 만나 라이벌이 되고 친구가 된다.

『지우』를 읽으면서 혼다 테쓰야의 『스트로베리 나이트』, 『히토리 시즈카』, 『무사도 식스틴』이 계속 떠올랐다. 『지우』는 2005년에 출간됐고 『스트로베리 나이트』는 2008년에 나왔다. 『무사도 식스틴』은 2007년, 『히토리 시즈카』는 2008년 작이다. 초기작인 『지우』에는 이후 작품들의 인물과 주제가 곳곳에 산재해 있다. 『지우』는 연쇄 유괴사건의 범인 지우를 쫓는 이야기다.

유괴, 인질극 등을 전담하는 경시청 특수범수사계에 소속된 가도쿠라 미사키와 이자키 모토코. 가도쿠라와 이자키는 『무사도 식스틴』의 카오리와 사나에처럼 상극의 여성이다. 가도쿠라는 늘씬한 미모의 다정한 여성이다.

가도쿠라 미사키가 지닌 인간미는 내세울 만한 개성이었다. (…) 그녀라고 무섭지 않을 리 없다. 오히려 다른 사람들보다 훨씬 더 공포를 느꼈을 것이다. 다만 그녀는 공포를 이겨내는 인간미를 지녔다. 이를 범인에게 표현하는 용기를 가졌다.

이자키 모토코는 레슬링과 유도 선수였고 누구에게도 지지 않는 강인한 여성이다. "가도쿠라와는 어쩌면 저렇게 다를까 싶을 정도로 정반대이다. 공포 따위는 조금도 느끼지 않고 적의를 드러내어 상대를 압도했다." 가도쿠라는 누구에게나 그렇듯 이자키에게도 호감을 표시하고 다가가지만 이자키는 질색하며 피한다. 이자키는 가도쿠라를 싫어한다.

두부 가게를 하는 평범한 가정에서 듬뿍 사랑을 받고 평범하게 자라난 가도쿠라와 달리 이자키에게는 어두운 상처가 있다. 이자키의 상처는 『스트로베리 나이트』의 히메카와를 보는 것만 같다. 『스트로베리 나이트』에서 히메카와를 싫어하는 공안 출신의 형사, 카쓰마타는 그녀를 '사람을 죽일 수 있는 타입'이라고 말한다. 세상에는 사람을 죽일 수 있는 사람과 없는 사람이 있다. 가도쿠라는 죽일 수 없는 타입이다. 이자키는 죽일 수 있다. 어떤 죄책감이나 망설임도 없다. 이자키는 말한다. 사람을 죽이지 않기 위해서 경찰에 들어온 것이라고. 만약 경찰이 아니라면 너무도 쉽게 사람을 죽일 수 있을 것 같아서. '살인'에 대한 끊임없는 질문은 『지우』에서 반복된다. "인간의 목숨이란, 자신의 목숨이란 무엇일까. 목숨을 빼앗는 살인이라는 행위는 무어며 또 그 죄는 무엇일까." 그 질문은 『히토리 시즈카』에서도 되풀이된다.

『지우』는 같은 부서에 있던 가도쿠라와 이자키가 각각 다른 부서로 전출되면서 이야기가 광활해진다. 가도쿠라는 연쇄 유괴사건을 수사하는 팀에 배치되어 지우를 쫓는다. 이자키는 경시청 특수급습부대에 배치되었다가 지우를 만나게 된다. 중국에서 밀입국한 부모가 데리고 온 지우는 호적도 없고 신분을 증명할 수단도 없다. 부모가 강제 송환된 뒤 혼자 남겨진 지우는 끔찍한 삶을 살았다. "아무리 밝게 비추려고 해도 마음이 몽땅 사라졌으니까 거기엔 어떤 빛도 들어가지 못해. 마음이 있던 곳에는 휑한 공허함만 있을 뿐이지." 그리고 지우는 이 세상과 전혀 어울리지 않는 다른 존재가 되었다. "그 녀석은 세상의 규칙 하나하나에 반문하는 것 같아. '정말 그래? 정말로 그래야만 해?'라고 말이지. 그럴 때면 이런 생각이 들더라고. 우리가 정해놓은 규칙대로가 아니어도 괜찮지 않나? 좀 더 자유롭게 살아도 좋을 텐데……."

혼다 테쓰야는 『지우』에 대해 이렇게 자평한다. "액션과 미스터리는 물론 사람들이 살아가는 이야기와 폭력이 담긴 최고의 오락작품이라고 자부한다. 조직과 조직의 대립, 여자들 사이에 존재하는 알력도 그렸다." 작가로 데뷔한 후 초기에는 전기(傳奇)소설과 호러 등을 주로 썼던 혼다 테쓰야는 『지우』를 발표한 이후 형사물과 범죄소설로 높은 평가를 받았다. 『지우』는 뛰어난 오락소설이 갖춰야 할 모든 것을 지녔다. 개성 있는 주인공, 기발한 사건과 반전, 매력적인 조연, 때로 황당할 정도로 뻗어나가는 스케일 등등. 『지우』는 그들의 다음 행보와 이야기가 궁금해서 계속 읽게 하고, 지우가 과연 어떤 세계를 건설하고 싶어 하는지 궁금해 다음 권을 집어 들게 한다. 가도쿠라는 현재의 세계에서도 잘 살아갈 수 있는 유형의 인간이지만 이자키는 미묘하다. 그리고 지우는 불가능하다. 그래서 지우는 이 세계를 뒤엎고 새로운 세계를 건설하려 하고, 이자키는 끌려들어가고, 가도쿠라는 힘껏 그들을 뒤쫓아 간다. 그리고 그들 모두가 공감한다. 지금 우리가 사는 세계는 어딘가 뒤틀린 것이라고. 단지 일본만이 아니라.

각성제로 평균 이상의 힘을 얻은 카리스마적 존재가 민중을 움직인 예는 널리고 널린 데다 요직에 있는 인간이 그 중압감에 짓눌리지 않기 위해 각성제의 힘을 빌려 난국을 극복한 예 역시 일일이 세지 못할 정도다. 본래부터 각성제는 일본 태생이다. 일본에서 개발하고 일본에서 제조했다. 그만큼 순수하게 일본적인 약물이다. (…) 일본인은 각성제를 원한다. 좋아 죽는다. 각성제는 피로를 덜어주고 강한 집중력을 제공한다. 그런 약물을 전후의 일본인은 각별히 사랑해 왔다. 그것도 일반사회에 속한 주인들이 말이다. 그렇기에 나는 말한다. 일반세계와 뒷골목세계가 따로 존재하느냐고. 각성제에 찌든 일본 사회 전체가 거대한 뒷골목이라고.

아무런 희망도 없는
짐승들의 이야기

「지푸라기라도 잡고 싶은 짐승들」
소네 케이스케

'대체 왜 사는가'라고 묻고 싶은 인생들이 있다. 안다. 그들도 나름의 곡절이 있고, 이유가 있고, 때로는 도망칠 수 없는 족쇄가 단단히 매여 있기도 하다는 것을. 그런데도 안타까움과 함께 답답함이 밀려온다. 하나의 선택이 어그러지자 계속해서 벼랑으로 달려가는 그들의 모습을 보고 있을 때는. 그런 비루한 인생을 잘 보여주는 작가로는 『OUT』과 『그로테스크』의 기리노 나쓰오가 있다. 『OUT』에서는 매 맞는 주부, 가사 노동에 지쳐 메말라가는 주부 등 고난의 길에 서 있는 여인들을 지독하게 보여준다. 『그로테스크』는 더욱 지독하다. 기리노 나쓰오는 결코 그들에게 연민을, 동정을 보이지 않는다. 그들이 사슬을 끊기는커녕 스스로 합리화하며 지옥으로 점점 걸어 들어가는 모습을 적나라하게 보여주기만 한다.

소네 케이스케의 『지푸라기라도 잡고 싶은 짐승들』의 그들도 그렇다. 화류계 여인에게 빠져 야쿠자에게 돈을 빌렸다가 궁지에 몰린 악덕 형사 료스케. 선물 투자에 빠져 빚을 지게 되자 생활비도 주지 않고 구타를 하는 남편 때문에 매춘을 하게 된 주부 미나, 치매인 노모를 모시면서 사우나에서 아르바이트로 겨우 살아가는 59세의 칸지. 그들에게 장밋빛 미래 같은 것은 한 치도 보이지 않는다. 지금의 위기를 빠져나가는 것만으로도 나날이 우울하고 고단하다.

그런데 '지푸라기'가 보인다. 사우나에 들어왔다가 잠깐 나갔던 손님이 사라졌다. 옷장 안의 가방을 치우던 칸지는 가방 안에 거액이 들어 있는 것을 알게 된다. 미나는 손님으로 만났던 스무 살의 신야와 애인 사이가 된다. 미나가 폭행당하는 것을 알게 된 신야는, 남편을 죽여주겠다고 제안한다. 료스케는 야쿠자에게 진 빚 2천만 엔을 당장 갚으라는 협박에 시달렸다. 게다가 관내에서 발견된 토막 살인 사건의 시체가 자신을 버리고 도망간 윤락업소 여주인으로 드러난다. 그런데 죽은 줄로만 알았던 그녀가 료스케를 찾아온다. 거액의 돈을 숨긴 채.

칸지, 미나, 료스케는 저마다 궁지에 몰려 있다가, 도망치는 것은 물론 미래가 바뀔 수도 있는 길을 발견하게 된다. 그게 정말로 구원의 손길인지, 썩은 동아줄인지는 모른다. 다만 눈앞에 있기 때문에 유혹의 손길 앞에서 망설인다.

『지푸라기라도 잡고 싶은 짐승들』은 칸지의 이야기에서 시작한다. 돈을 놓고 사라진 손님. 그리고 치졸한 협박으로 돈을 뜯어내려는 형사 료스케, 신야를 만나 불륜관계를 맺는 미나의 이야기로 이어진다. 그들은 서로를 모른다. 어딘가에서 관계가 엮이지도 않는다. 거의 마지막 순간까지 그들은 서로를 모른 채 오로지 각자의 스토리만을 진행해간다. 이런 형식의 미스터리가 그렇듯이 그들은 어딘가에서 마침내 엮일 것이다. 모든 인물과 이야기가 하나로 뭉치는 순간이 이런 소설의 하이라이트다. 『지푸라기라도 잡고 싶은 짐승들』 역시 마찬가지다. 그리고 시간을 둘러싼 약간의 트릭도 있다. 다 읽고 나면 앞의 이야기들을 반추하며 머릿속으로 전체적인 구성을 다시 한 번 짜보게 된다.

그런 형식은 책을 다 읽을 때까지 전면에 드러나지 않는다. 『지푸라기라도 잡고 싶은 짐승들』은 치밀하게 엮인 구성이 좋은 소설이지만, 그것을 감지하기 이전에도 읽는 즐거움이 대단한 소설이다. 료스케는 악인이다. 늘 부정을 저지르고 오로지 자신의 이익만을 위해 움직이는 불량 형사. 미나는 착하지만 자신의 길을 제대로 선택하지 못한다. 이리저리 끌려다니면서 결국은 모든 일을 엉망으로 만들고 만다. 칸지는 그나마 올바른 길을 선택하려는 듯이 보인다. 하지만 선대부터 이어졌던 이발소를 왜 그만뒀는지를 알게 되면, 그에 대한 시선도 조금 흔들린다.

그런 '짐승들'의 이야기가 빠른 템포로 획획 흘러간다. 그 짐승들

의 이야기가 서서히 맞물려가면서 전체 이야기의 맥락을 감지하게
되면 더욱 흥미롭다. 그들이 대체 어떤 식으로 행동했기에 누군가에
게 치명적인 영향을 끼치게 되는지를 깨닫게 되면.

『지푸라기라도 잡고 싶은 짐승들』은 지극히 현실적이지만, 너무
너저분해서 현실처럼 보이지 않는 세계를 하드보일드 스타일로 그
려낸다. 이 분야의 독보적인 작가 하세 세이슈의 『불야성』에는 미치
지 못하지만, 『지푸라기라도 잡고 싶은 짐승들』은 소네 케이스케라는
작가의 개성을 충분히 드러낸다. 하세 세이슈보다는 조금 가볍지만,
나름의 지독한 세계를 경쾌하게 질주한다. 형식적인 도전도 감행하
면서.

세상에
정상인이 없다

{ 사이코패스 만드는 사회 }

과연 정상이라는 게 존재하기는 할까? 약간의 강박과 공포와 질투 같은 것에서 자유로운 인간은 없다. 그 불완벽함은 인간을 다채롭고 풍요롭게 만드는 요소이기도 하다. 두려움 없이, 공포 없이 어떻게 한 인간이 성장할 수 있는가. 누구나 마음에 칼 하나씩은 품고 있다. 그것이 어느 순간 나도 모르게 뛰쳐나오기도 하고, 편향된 마음을 계속 키우면 괴물이 되어 나타나기도 한다. '나만 정상'이 아니라 '우리 모두가 비정상'이 될 가능성은 항상 열려 있다. 우리가 함께 미쳐가거나 눈에 보이지 않는 폭력을 휘두르는 가해자가 되지는 않는지 늘 헤아려봐야 하는 이유다. 그것만이 우리를 인간으로 머물게 하는, 괴물이 되지 않는 길이다.

잔인한 세상,
그러나 어딘가에 인정이 있다

「귀동냥」
나가오카 히로키

비정하고 참혹한 이야기를 좋아한다. 이 세상에 인정이라고는 하나
도 남지 않았고, 오로지 들짐승처럼 생존만을 위해 악다구니하는 이
야기를 보고 있으면 내심 마음이 놓이기도 한다. 그래도 나는 아직
저 이야기에 비하면 괜찮구나, 그런 조촐하고 치사한 위안. '이렇게
고단하게 살아가지만 아직은 희망이 있는 건가'라고 믿고 싶은 건지
도 모른다. 그리고 나가오카 히로키의『귀동냥』같은 소설을 읽고 있
으면 그래도 인정하게 된다. 세상에는 이런 따뜻한 일들도 있다는 것
을 수긍하게 된다. 인간이 살아가는 세상이란 건, 그래도 나름 공평
하다고 믿고 싶어진다.

　단편집인『귀동냥』에는「경로 이탈」,「귀동냥」,「988」,「고민 상자」

총 4개의 작품이 들어 있다. 「경로 이탈」은 결혼을 앞둔 구급대원 하스카와의 시점으로 시작된다. 같은 구급대원인 약혼자의 아버지, 곧 장인어른이 될 무로호시와 함께 구급차에 탄 하스카와는 '원수'를 만나게 된다. 「귀동냥」의 주인공인 형사 하즈미는 남편이 죽은 뒤 딸 나쓰키와 단둘이 살고 있다. 「988」의 모로가미와 가사마는 소방관이다. 「고민 상자」의 유코는 전과자들이 출소한 후 머무는 갱생보호시설을 운영하고 있다. 이들은 모두 타인을 위해 봉사하는 사람들이다.

이들의 현실은 녹록하지 않다. 「경로 이탈」의 주인공 하스카와의 약혼자는 교통사고를 당해 휠체어를 타게 되었지만, 가해자는 기소되지도 않았다. 「귀동냥」에서 하즈미의 남편은 동료 형사였고 원한을 품은 사람의 손에 죽었다. 「988」의 주인공 가사마의 어린 아들은 사고로 죽었다. 반대로 「고민 상자」에 나오는 우스이는 술을 마시고 자전거를 타다가 실수로 아이를 죽이게 되었다. 그들의 삶은 결코 희망과 웃음으로 가득 차 있지 않다. 오히려 가장 혹독한 경험을 하고 난 후 겨우 안정을 찾아가는 중이다. 『귀동냥』은 그들의 일상, 감정들을 세세하게 읽어내고 감싸 안아준다. 그들의 삶은 여전히 팍팍하지만 그래도 '인정'이 남아 있음을 확인하게 해준다. 소위 '인정(人情)'소설이다.

그렇다면 『귀동냥』의 어디가 미스터리일까? 「경로 이탈」에서 하필이면 칼에 찔려 구급차를 탄 환자는 검사 구스이였다. 딸을 휠체어 신세로 만든 의사를 기소하지도 않고 풀어준 남자. 무로호시는 구스이를 태운 구급차를 병원 주위에서 알 수 없는 방향으로 계속 돌게 만든다. 「988」에서는 화재 현장에서 4개월 된 아이를 구해 영웅이 된 가사마가 바로 사직서를 낸다. 「귀동냥」의 나쓰키는 엄마가 일 때문에 늦게 돌아온다는 것을 알면서도 계속해서 화를 내며 말을 안 하고 있다. 나가오카 히로키는 인물들의 알 수 없는 행동에 대해 계속 이야기해준다. 그리고 그들이 그런 행동을 했던 이유를 알게 되는 순간 모든 것이 해명된다. 그야말로 팟! 하고 머릿속이 밝아지는 느낌이다.

소설에서는 장편과 단편의 구성이 대체로 다르다. 쓰는 방법도 다르고 작동 원리도 다르다. 독자가 느끼는 즐거움도 다르고.『귀동냥』에서 스펙터클한 추격전이나 범인을 쫓는 아슬아슬한 긴장감 같은 것을 얻을 수는 없다. 단편 미스터리에서는 그야말로 촌철살인이 중요하다. 단 하나의 맥을 짚음으로써 모든 것이 해명되는 촌철살인. 단편 전체가 오로지 하나의 포인트를 위해 집중되는 것. 그중에서도 나가오카 히로키는, 그들이 그런 행동을 해야만 했던 이유 혹은 마음을 이야기한다. "인간의 무의식적인 행동 뒤에 있는 심리를 알았을 때 '그렇구나!' 하고 생각해요."

일본 추리작가 협회상 단편 부문을 수상했을 때 심사를 맡았던 아리스가와 아리스는 "진상에 이르는 키워드를 당당히 제목에 걸어놓고도, 멋들어지게 읽는 이를 속이는 기량"을 칭찬했다. 『귀동냥』의 네 편 모두 제목에 미스터리의 핵심이 숨어 있다. 당연히 그 제목만으로는 진상을 파악할 수 없지만, 제목을 염두에 두고 읽어나가며 추리해보길 원한다고나 할까. 작가로서는 독자에게 미리 해답의 힌트를 주고, 그들이 그렇게 행동하는 이유를 풀어보라고 권유하는 것이다.『귀동냥』은 꽤 어려운 문제를 독자에게 제시한다. 쉽게 짐작하거나, 추리하기 힘든 문제다.

　　나가오카 히로키는 "분노나 슬픔 같은 감정보다 인간이 지닌 '지(知)'와 '도리'라는 측면에 더욱 끌린다"라고 말한다.『귀동냥』의 모든 작품이 그렇지만 특히 표제작은 그런 점에서도 탁월하다. 도난사건, 연쇄 살인사건, 모녀의 갈등이 얽히면서 전개되는「귀동냥」은 범인이 누구인가, 라는 미스터리보다 그 사건들이 얽히면서 만들어진 인간의 '마음'에 대해 이야기한다. '귀동냥'을 키워드로 절묘하게 사건을 엮어내면서, 그들을 지켜보는 독자의 마음마저 설레게 하는 나가오카 히로키의 단편 직조 솜씨는 탁월하다. 이렇게 인간의 '도리'를 말하는 소설이라면 언제든지 다시 읽고 싶어진다.

어디까지가 사실이고
어디부터가 망상인가

「그녀가 그 이름을 알지 못하는 새들」
누마타 마호카루

8년 전에 헤어진 남자를 잊지 못하는 여자가 있다. 이름은 토와코. 지금은 진지라는 남자와 동거하면서 DVD를 빌리고 장을 볼 때 말고는 집에 틀어박혀만 있다. 토와코는 여전히 그녀를 버린 남자 쿠로사키를 잊지 못한다. 5년 전부터 함께 살기 시작한 진지를 혐오하고 진저리를 치면서, 쿠로사키의 다정한 말과 그가 준 선물들을 떠올린다.

　진지는 토와코보다 열다섯 살이나 많다. 한때 대기업 건설회사에 다녔지만 지금은 중소기업에서 근근이 버티고 있다. 만나는 여자마다 들이대던 진지는 토와코에게도 접근했고, 쿠로사키에게 버림받아 공허했던 토와코는 진지를 받아들였다. 하지만 진지는 혐오스럽다. 얼굴도 못생겼고 지저분하고 투박하다. 바지를 입다가 다리를 잘

못 넣어 넘어지기도 하고, 손재주가 없어 뭘 망가뜨리기 일쑤다. 토와코는 진지에게 늘 화를 낸다.

진지에게 상처를 주고 싶다. 가장 효과적으로 상처를 줄 말을 골라 진지의 심장을 세차게 찌르고 싶었다. 외로워서 진지와 함께 있는 건지, 진지와 함께 있어서 외로운 건지 토와코는 알 수 없었다.

누마타 마호카루의 『그녀가 그 이름을 알지 못하는 새들』은 이렇게 시작된다. 한 남자를 잊지 못하면서 다른 남자와 동거하는 여자. 지금 함께 사는 남자를 혐오하고 상처를 주고 싶어 하는 여자. 토와코가 상처를 입었다는 것은 분명하다. 그녀가 여전히 8년 전 헤어진 쿠로사키에게 집착하고 있다는 것도 분명하다. 그래서 그녀의 마음도 얼핏 이해가 된다. "혼자 웅크리고 지냈던 빛도 바람도 들지 않는 텅 빈 함정의 절벽에서 진지를 혐오하는 것으로 자기도 모르는 사이에 한 걸음, 또 한 걸음 올라올 수 있었는지도 모른다."

그런데 『그녀가 그 이름을 알지 못하는 새들』을 읽다보면 뭔가 묘한 기분에 사로잡히게 된다. 토와코가 상처를 입었고 여전히 후유증에 시달리면서 진지를 괴롭힌다는 것은 알 수 있다. 진지가 대단히 혐오스럽다는 것도 알겠다. 하지만 그게 정말일까? 토와코의 시선을 통해 보이는, 그녀의 생각을 통해서 보이는 진지라는 사람의 모습에 자꾸만 의심이 간다. 어쩌면 이건 토와코가 자신의 의식 속에서 만들어낸 진지의 이미지인 건 아닐까? 토와코의 진술이, 토와코의 마음 자체가 거짓일 수도 있지 않을까?

눈으로 보이는 모습과는 전혀 다른 기괴한 모습으로 존재하고 있는데 토와코의 눈이 그걸 분별하지 못하고 있는 건 아닐까?

토와코는 5년 전 백화점에서 산 시계가 망가졌다는 것을 알고 항의 전화를 한다. 대형 백화점에서 산 시계라면 적어도 10년은 쓴다. 그런데 제조 회사가 망했다고 해서 수리를 못 한다는 것은 말이 안 된다. 계속해서 항의 전화를 거는 토와코를 보고 있으면, 정상이 아니라는 생각이 든다. 토와코의 마음 한구석이 심하게 뒤틀려 있다는 것을 알게 된다. 그래서 그녀의 진술에 자꾸만 의심이 간다. 토와코라는 인물을 보고 있으면, 기리노 나쓰오의 『아임 소리 마마』의 아이코를 보는 것만 같다. 세상 어떤 것을 보더라도 자신의 욕망과 우월감에만 기초해서 생각하고 판단하는 여자. 그의 생각과 행동을 보는 것만으로도 기분이 나빠지는 인물.

그런데 사건이 벌어진다. 아니 이미 사건은 벌어져 있고 모호한 판단들이 난무한다. 토와코는 쿠로사키에게 전화를 걸었다가, 그가 5년 전 행방불명되었다는 것을 알게 된다. 토와코는 진지를 의심한다. 그가 쿠로사키를 죽인 것은 아닐까? 그렇게 혐오스럽고 비열한 남자라면 얼마든지 그럴 수 있을 거야. 한편 토와코는 백화점의 시계

판매 매장의 매니저인 미즈시마를 알게 된다. 토와코는 아내와 이혼하고 그녀와 새로운 인생을 시작하겠다는 미즈시마에게 푹 빠진다. 그런데 누군가 그들을 스토킹한다. 그들의 사랑을 방해하기 위해 누군가 그들을 뒤따라 다니며 협박한다. 도대체 어디까지가 사실이고, 어디까지가 누군가의 망상일까?

이게 꿈이 아니라면 모두 토와코의 망상일까? 모든 것이 전부 머릿속에서 일어난다. 밖에서 일어나는 일들은 모두 머릿속에서 일어난다. 아니면 그 반대일까? 아아, 아아, 아아, 뭐가 어떻게 된 거지?

『그녀가 그 이름을 알지 못하는 새들』의 이야기는 단순하다. 중반 정도를 넘어서면 트릭이 무엇인지, 결말이 어떻게 될 것인지는 대충 짐작이 간다. 하지만 궁금하다. 대충의 스토리는 예상할 수 있지만, 토와코와 진지가 과연 어떤 인간인지가 너무나 궁금하다. 게다가 누마타 마호카루의 필력은 섬세하면서도 강렬하게 휘몰아친다. 토와코의 사막 같은 마음을, 진지의 너덜너덜해진 몸을, 서늘하게 그려낸다.

사람과 물건은 크게 다르다. 사람은 무섭다. 순수하게 타인도 아니고 그렇다고 친구도 아니다. 아는 사이도 아니고 모르는 사이도 아닌 틈새에서, 언제나 이쪽으로 기어 나와 나와 토와코에게 엉겨 붙을 기회를 노리고 있다. 토와코에게는 진지와 미즈 언니 이외의 인간은 모두 물건 아니면 타인이었다.

걷고 있지만, 안에는 아무도 없는 텅 빈 몸뚱이였다. 그럼에도 눈의 구멍에서는 뭔가에 홀린 인간의 빼도 박도 못할 광기가 당장에라도 검게 흘러내릴 것만 같았다. (…) 보지 말아야 할 것을 본 기분이었다. 그건 얼굴이 아니었다. 적어도 진지의 얼굴은 아니었다. 희로애락이 확실하고 턱없이 자신만만하며 걸핏하면 불평하던 평소의 진지를 움직이던 모든 감정이 전부 빠져 나가버린 것만 같았다.

여기까지 이야기할 수밖에 없다. 읽다보면 예상할 수 있는 결말이지만, 그건 읽으면서 직접 느껴야만 한다. 그걸 느껴야만 결말의 모든 것들을 받아들일 수 있다. 단순하고, 빤한 설정이라도 그걸 깊이 있게 이야기하는 솜씨에 따라 얼마나 다른 여운을 남기는지 『그녀가 그 이름을 알지 못하는 새들』을 보면 알 수 있다. 누마타 마호카루는 20대에 결혼했다가 30대에 이혼했다. 사찰을 친정으로 둔 그녀는 출가해 승려가 된다. 마흔네 살에는 친구와 함께 건설 컨설팅 회사를 차리는데 10년 만에 파산한다. 파산 후 대인 공포증이 생긴 누마타는 혼자 할 수 있는 일을 찾다가 작가의 길을 선택했다. 데뷔작 『9월이 영원히 계속되면』을 발표한 것은 그녀의 나이 56세인 2005년이었다. 파란만장한 인생 역정에서 얻은 경험과 인식 덕분인지, 누마타의 작품은 사람의 마음 깊숙한 부분들을 강렬하게 쑤셔대며 외면하고 싶은 기억의 근원을 드러낸다. 아프고, 도망치고 싶어진다. 토와코는 생각한다.

그대로 쿠로사키 곁에서 살면서 쿠로사키의 아이를 낳았다면 어떻게 되었을까? 미즈시마를 만나지도 않고, 진지도 만나지도 않고, 다른 세상에서 다른 것을 보고 다른 것을 생각하며 살았을까? 그 세상이 실제로 어딘가에 존재할 것만 같았다.

하지만 세상이란, 내가 살고 인식하는 세상 이외에는 존재하지 않는다. 존재한다 해도, 내 알 바가 아니다. 그 세상은, 그 세상의 내가 주관하고 있을 뿐이니까. 아무리 쓰라려도, 결국 우리는 이 세상에서 살아야만 하는 것이다. 사랑 역시 해야만 하고. 그러니까 『그녀가 그 이름을 알지 못하는 새들』은 결국 순애 이야기다. 그리고 단언컨대 『용의자 X의 헌신』을 뛰어넘는, 처절하고 비통한 순애보다.

즐거웠다. 토와코. 진짜 즐거웠다. 이 삶이 언제 망가질지 모르기 때문에 별별 일이 다 생겨도 그렇게 즐거웠나봐.

우리는 모두 가면을 쓰고
살아간다

『매스커레이드 호텔』
히가시노 게이고

히가시노 게이고의 소설은 경쾌하게 읽힌다. 달성해야 하는 목표가
분명하고, 정해진 트랙 위를 빠르게 질주하는 기분이 든다. 그래서
싫어하는 이들도 있다. 사건의 틀에만 집중하고 인간의 내면을 가볍
게 다룬다거나, 트릭 자체도 대단히 헐거운 경우가 많다는 것이다.
하지만 그건 편견일 수 있다. 데뷔 이래 25년간 77권이 넘는 책을 낸
히가시노 게이고의 소설은 걸작과 범작 때로는 졸작까지 다양하게
포진되어 있다. 범작을 읽고 실망했다가도 『백야행』, 『용의자 X의 헌
신』 등을 읽으면 정신이 번뜩 든다. 『붉은 손가락』처럼 이야기는 느
슨해도 묵중한 울림이 느껴지는 작품도 있다. 히가시노 게이고가 하
나의 목표를 위해 달려가는 작가인 건 분명하다. 그래서 지나치게 정

형화되기도 하고 인물이 단순해지기도 한다. 그런데도 히가시노를 믿고 읽는 이유는 분명하게 있다. 적어도 히가시노는 읽는 그 순간만은 빠져들게 한다. 끝까지 달려가지 않고는 배길 수 없게 만든다.

『매스커레이드 호텔』, 25주년 기념작이란 설명은 잊어도 좋다. 일 년에 한 권 정도씩 작품을 발표하는 작가라면 의미가 있을 법도 하지만 매년 서너 권을 발표하는 작가에게는 큰 의미가 없다. 주목할 지점은 있다. 『매스커레이드 호텔』의 주인공은 호텔리어인 야마기시 나오미와 닛타 형사다. 호텔이 무대이기 때문에 야마기시라는 캐릭터가 필요한 것은 당연하다. 하지만 닛타 형사는 어떤가. 무려 77권을 내는 동안 히가시노 게이고는 의외로 캐릭터를 영웅화하는 것을 꺼려왔다. 이과 출신인 히가시노답게 물리학 교수인 유가와를 내세운 것도 시작은 단편이었고, 나오키상 수상작인 『용의자 X의 헌신』에서도 유가와는 크게 두드러지지 않는다. 사건을 풀어내는 것은 유가와이지만 캐릭터의 비중이나 매력으로 본다면 수학 교사인 이시가미의 보조 정도로밖에 보이지 않는다. 가가 형사도 마찬가지다. 『악의』, 『붉은 손가락』 등 꾸준하게 등장하긴 했지만 『신참자』 이전까지는 캐릭터 자체가 크게 부각되지 않았다. 의도적으로 형사를 캐릭터화하는 것을 피하는 게 아닌가 싶은 생각마저 들었다.

변한 것은 히가시노 게이고의 위상이다. 히가시노는 일본에서 가장 잘 팔리는 작가로 부상했다. 유가와 교수와 가가 형사를 내세운 드라마 〈갈릴레오〉와 〈신참자〉가 대성공을 거두었고 극장판도 만들어졌다. 묶이지 않는 다양한 작품을 모아 〈히가시노 게이고 미스터리즈〉라는 드라마를 만들 정도다. 최고의 인기를 누리고 있으니 '히가시노 게이고'라는 타이틀을 전면에 내세울 작품들이 더 많이 필요해졌다. 매력적인 캐릭터를 전면에 내세운다면 더욱 좋다. 그런 점에서 『매스커레이드 호텔』의 닛타 형사는 조건에 딱 들어맞는 캐릭터다.

연쇄 살인사건이 벌어지고 범인이 남긴 메시지를 풀어낸 결과 다음 범행 장소는 특급 호텔인 코르테시아도쿄라는 것을 알게 된다. 특별수사본부는 호텔의 양해하에 형사들을 프런트 직원과 벨보이 등으로 위장 근무시키기로 한다. 프런트 직원으로 배치된 닛타 형사는 불만이 많다. 아무리 사건을 예방하기 위해서라지만, 사건 수사가 아닌 엉뚱한 일들에 매달려야 한다는 사실이 싫었기 때문이다. 하지만 "규칙은 손님이 정해요. (…) 우리는 손님의 룰에 따라야 해요. 반드시"라고 말하는 야마기시 나오미의 철저한 교육을 받으며 닛타는 어엿한 호텔리어처럼 보이게 된다. 호텔에서 벌어지는 다양한 사건들을 겪으면서 닛타는 성장한다.

닛타라는 인물은 결코 완벽하지 않다는 점이 매력이다. 닛타는 상상력이 유연하다. 어떤 단서를 찾거나 뭔가가 떠오르면 보통 사람들이 생각하지 못하는 지점으로 마구 상상력을 확장한다. 반면 일상생활에서는 지극히 평범하다. 기왕이면 자신이 사건을 해결하는 중심이 되길 원하고 자신의 능력에 대한 확신도 있다. 야마기시의 철저한 프로 정신을 배우면서 닛타는 한 단계 성장한다. 관할서의 중년 형사인 노세에게서도 한 수 배운다. 출세와는 멀어진 고리타분한 형사 정도로만 생각했지만 의외로 노세 형사는 저변에서 모든 것을 훑으면서 단서를 집어올리는 노련하고 치밀한 타입이었다. 닛타는 솔직하게 자신의 실수와 편견을 인정하고 야마기시와 노세에게 배운다. 배웠다는 것을 인정하고, 성장한다. 솔직함과 공명정대함이 닛타의 또 다른 매력이다.

닛타 형사가 등장하는 첫 작품으로서 『매스커레이드 호텔』은 흥미로운 상황을 그려낸다. 호텔이라는 공간은 현실에 속해 있지만 한편으로는 일탈을 의미하기도 한다. 지방에서 올라온 수험생들이 하룻밤의 호사를 위해 묵는 장소이기도 하고, 유명인이 모습을 숨기고 밀애를 나누는 장소이기도 하고, 수많은 결혼식과 연회가 열리는 장소이기도 하다. 일상 속의 특별함을 느끼고 싶을 때 찾는 장소이기도 하고. 일상과 조금 떨어진 장소를 찾을 때, 사람들은 보통 가면을 쓴다. 호텔리어는 그들의 가면을 그대로 인정해준다. 현실의 그들이 어떤 존재였는지는 중요하지 않다. 지금 예약을 하고, 숙박을 하는 이 사람들의 모습만을 인정하고, 그들의 룰을 따르면 된다. 다만 "모든 손님은 신이 아니에요. 악마도 섞여 있죠. 그걸 간파해내는 것도 우리가 할 일이에요"라는 야마기시의 말처럼, 호텔리어에게는 형사처럼 예리한 눈이 필요하다. 사물의 이면을 간파해내는 능력이 뛰어난 닛타 형사는 호텔에서 만나는, 가면을 쓴 '보통 사람'의 모습을 통해 범죄자의 심리를 유추해본다.

사람을 만나는 직업, 특히 형사의 경우에는 원한을 사기 쉽다. 본인은 전혀 기억하지 못하지만 상대는 자신이 치명적인 상처를 입었다고 생각하기도 쉽다. 닛타 형사는 프런트에서 한 남자를 만난다. 형사와 범죄자로 만난 것은 분명히 아니다. 그런데 그 남자는 닛타에게 뭔가 원한을 지니고 있다. 손님인 것을 이용하여 닛타를 괴롭히던 남자의 정체를 겨우 알게 되었을 때 닛타는 깨닫게 된다. "어떤 일로 인간이 상처를 입는지, 타인으로서는 알 수 없는 것이다." 어쩌면 인간은 그렇게 상처 입지 않기 위해 가면을 쓰는 것일지도 모른다. 그리고 상처를 입어도, 그것은 가면 위의 상처일 뿐이라고 기어코 생각하는 것일지도.

『매스커레이드 호텔』은 '호텔'이라는 비일상적 공간을 통해서, 인간의 감춰진 마음을 드러낸다. 그리고 데뷔작 『방과 후』에서부터 시작되었던 히가시노 게이고의 질문, '인간은 왜 사람을 죽이는가'에 대한 답을 구하기 위해 묵직하게 파고든다. 타인이 보기에는 너무나도 사소하지만, 개인에게는 너무나도 치명적이고 거대한 살의 혹은 악의. 우리는 그 사소하지만 절실한 악의 때문에 늘 가면을 쓰고 살아가야 할지도 모른다. 악의를 피하기 위해 혹은 자신의 악의를 숨기기 위해.

살아남은 자들의
후일담

「저물어가는 여름」
아카이 미히로

아카이 미히로의 『저물어가는 여름』을 보면서 가쿠타 미쓰요의 『삼
면기사, 피로 얼룩진』이 떠올랐다. '삼면기사'는 1면에 실리지 않는,
그러니까 기사 가치가 크지 않다고 판단하여 신문 3면에 작은 단신
으로 실리는 기사를 말한다. 살인, 강도, 사기, 폭행 등 우리 주변에서
간혹 볼 수 있는 자질구레한 사건들. 단신 기사에는 육하원칙에 따라
가해자와 피해자, 사건의 전후 사정 등이 간단하게 기술되어 있다.
삼면기사를 본 독자들은 대개 이런 일이 있었네, 하며 지나치기 십상
인 사건들.
　가쿠타 미쓰요는 실제로 있었던 사건 기사를 보여주고 그 이면을
파고든다. 아니 굳이 이면이라 할 것도 없다. 이면이라 한다면 알려

진 사실의 뒤에 숨겨진 무엇을 말하는 경우가 많다. 가쿠타 미쓰요는 기사에서 보도하지 않은, 사건의 자세한 이야기를 들려주는 것뿐이다. 사건을 저지른 사람이 자기가 왜 그런 짓을 했는지 처절하게 털어놓거나, 주변 사람의 시선을 통해서 사건을 세세하게 바라보는 것. 소소한 넋두리들을 보다보면, 짧은 단신 안에 얼마나 절절한 마음들이 숨어 있는지 실감하게 된다. 평범하고 사소한 범죄일지라도 그 안에 담겨 있는 사람의 마음이 얼마나 절실한 것인지, 얼마나 많은 사람의 세상사가 스치고 지나갔는지를 알게 된다.

『저물어가는 여름』은 20년 전의 신생아 유괴사건에서 시작한다. 아니 소설의 시작은 그로부터 20년 뒤 도자이 신문사의 신입 기자를 뽑는 과정에서 생긴 사건이다. 주로 선정적인 스캔들을 보도하는 주간지에서, 도자이 신문사의 합격자가 20년 전 영아 유괴사건 범인의 딸이라는 것을 폭로한다. 사건 당시 범인인 아버지는 사고로 죽었고, 친척 집에서 자라난 히로코는 기사가 나왔다는 것을 알게 된 후 입사를 포기하려 한다. 하지만 신문사 사장인 스기노와 인사국장인 무토는 히로코를 설득하는 한편 과거의 사건을 재조사한다. 흑막이 있다는 생각보다는 당시의 상황을 다시 한 번 재조명해보자는 생각이었다.

20년 전의 유괴사건은 특이한 점이 있었다. 신생아실에서 아이를 유괴한 범인은 아이의 부모가 아니라 병원을 협박했다. 아이가 병원에서 사라졌다는 사실이 알려지면, 병원의 평판이 떨어진다는 사실을 노린 것이다. 그 말처럼 유괴사건 이후 병원은 점점 기울기 시작했고 주인도 바뀌었다. 범인으로 지목된 히로코의 아버지와 그의 애인은 자동차 사고로 현장에서 사망했고, 지금까지도 아이의 생사는 밝혀지지 않았다. 범인은 명백하지만, 사건의 세부 사항은 모호한 채로 남겨졌다.

과거의 사건을 재조사하는 일은 자료실에 근무하는 가지에게 맡겨진다. 민완 기자였지만 일반인이 사망하는 사고에 휘말리면서 퇴직 위기에 놓였다가 한직으로 밀려난 기자였다. 현직 기자에게 조사를 맡기기에는 꺼려지는 일이었기에, 뛰어난 기자이지만 지금은 일이 없는 가지를 선택한 것이다. 가지는 사라진 아이의 부모, 병원 관계자, 당시의 담당 형사 등을 차례로 찾아간다. 그리고 명백한 것 같았던 사건에 의외로 공백이 많다는 것을 발견한다. 목격자 진술도 모호했고, 범인의 행적에도 의문이 많았다. 유괴사건에서 범인이 잡히는 경우가 많은 것은 돈을 받는 과정에서 어느 정도 모습을 드러낼 수밖에 없기 때문이다. 안전하게 돈을 받기 위해서는 대단히 치밀하고 정확하게 모든 상황을 고려해서 계획을 세워야 한다. 그런데 죽은 범인이 과연 그런 일을 실행할 수 있을 만한 인물인지, 가지는 의심한다.

『저물어가는 여름』은 2003년 에도가와 란포상을 수상한 작품이다. 마흔여덟이라는 늦은 나이에 데뷔작을 쓰고 수상까지 한 아카이 미히로는 오랜 시간 방송국에서 일했다. 수많은 사건을 접하고, 사람을 만나야만 하는 직장. 아카이 미히로는 오랜 시간 사람들의 얼굴을 지켜보았던 것이 아닐까. 아카이 미히로는 『저물어가는 여름』에서 유괴사건 자체에 집중하지 않는다. 사건은 이미 벌어졌다. 지금 남은 것은 사건과 간접적으로 얽힌 '남아 있는 자'들의 후일담이다. 그들이 지금의 삶을 제대로, 자신의 의지대로 살아가기 위해서는 과거의 '진실'이 절실하게 필요하다. 그래서 그들은 사건의 이면을 파고 들어간다. 어떤 가혹한 진실이 기다릴지라도 어쩔 수 없다. 사건의 진실이 중요하다기보다 사건에 얽힌 그 사람들의 얼굴이 더 궁금하니까. 그들 하나하나의 얼굴이.

스기노 사장은 과거의 사건을 재조사하는 한편 히로코를 반드시 입사시키려 한다. 직접 찾아가 권유하기도 한다. 어쩌면 이유는 단순했다. '고작 여대생 하나' 때문에 왜 그러느냐는 주간지 편집장의 말 때문이다. 거대한 조직이 왜 여대생 하나 때문에 그리 화를 내고 신경을 쓰느냐는 말. 그런 태도를 가진 기자라면 사건을 취재할 때에도 결코 사람의 얼굴을 정면으로 보지 않을 것이다. 그 사람들이 왜 그런 말과 행동을 했는지는 고려하지 않고 오로지 선정적인 이유와 결과에만 집착하고 폭로에 열광할 것이다. 그 과정을 통해서 무고한 주변 사람들이 어떻게 파괴되고 얼마나 고통스러워하는지는 관심조차 없다. 그들에게 중요한 것은 오로지 사건의 선정성일 뿐이니까. '고작 여대생 하나'가 얼마나 중요한 일인지를 그들은 모른다. 그 한 사람이, 자신에게 그리고 주변 사람들에게 얼마나 소중하고 가치 있는 존재인지 그들은 끝내 모를 것이다.

『저물어가는 여름』은 감추어진 진실과 트릭을 밝혀내는 퍼즐 미스터리로서도 훌륭하다. 그리고 사건에 얽힌 사람들의 많은 이야기, 그들을 바라보는 작가의 온화한 시선은 미스터리를 더욱 풍부하게 만든다. 엄청나게 번뜩이는 무언가는 없지만, 마지막 순간까지 '따뜻한 피'가 흐르는 사람들의 이야기를 성실하게 들려주는 미스터리다.

무엇이
정상인가

「좀비」
조이스 캐럴 오츠

흔히 사이코패스라고도 부르는, 타인과 정서적 공감을 하지 못하는 범죄자의 마음에는 무엇이 있을까? 요즘에는 사이코패스이면서도 세상과 인간에 대해 학습을 하고 사랑까지 하게 되는 덱스터도 있고, 『나는 살인자를 사냥한다』의 재스퍼처럼 의식적으로 누군가를 아끼고 사랑하는 감정을 만들어내는 경우도 있다. 단순히 정서적 공감이 부족한 이들은 언제나 살인자가 될 위험이 있는 것일까? 의학계에서는 여전히 '사이코패스'에 대한 정의가 불분명하다고 말한다. 어쩌면 우리는 흉악범들을 모두 사이코패스라는 단어로 대치함으로써 우리는 그들과 다르다는 것을 은연중에 확인하려는 것은 아닐까? 우리는 선한 사람들이고, 우리 안에 뱀처럼 사악한 존재들이 끼어 있다면서.

그러니 우리는 그들을 격려하기만 하면 된다면서.

　노벨 문학상 후보에도 거론되는 조이스 캐럴 오츠의 『좀비』는 우리가 사이코패스라고 흔히 부르는 범죄자의 마음을 들여다본다. 조이스 캐럴 오츠는 인간의 마음 깊은 곳에 잠겨 있는 어둠을 신랄하고 진중하게 파헤치는 작가다. 1964년 『아찔한 추락과 함께 *With Shuddering Fall*』로 데뷔한 후 50편이 넘는 장편과 1,000편이 넘는 단편을 발표했다. 1996년 작 『좀비』는 브램 스토커상 수상작이다. 『좀비』의 주인공 Q_P_는 연쇄 살인범이다. 그가 어떻게 세상을 바라보고, 무슨 생각으로 사람들을 납치하여 좀비로 만들려 하고, 어떤 욕망을 가졌는지를 조이스 캐럴 오츠는 섬뜩하게 그려낸다.

　Q_P_는 흑인 소년을 납치하여 성폭행하려 했다는 죄목으로 집행유예 판결을 받는다. 풀려난 그에게, 아버지는 차를 주고 할머니 소유의 건물 관리인을 맡긴다. 아들을 신뢰한다는 것을 보여주기 위한 시도였다. 하지만 그건 일종의 제스처에 불과하다. 저명한 대학교수인 아버지는 아들을 신뢰하는 것이 아니라 도망치고 싶은 것뿐이다. 무언가 수상하다는 낌새를 알아차리고도 아버지는 물러선다. "아버지는 알고 싶지 않기 때문에 마침내 포기하고, 손수건으로 얼굴을 훔치면서 말했다." 사이코패스는 다른 사람들을 그저 '자기 목적을 충족시켜줄 대상'으로만 본다고 말하지만 다른 사람들, '정상인'은 과연 어떤가. 그들은 과연 한 인간의 다면적인, 입체적인 면을 들여다보려 애를 쓰기는 하는 걸까?

Q_P_는 정해진 기간마다 보호 관찰관을 만나야 하고, 정신과 의사와 상담을 해야 한다. 그들은 범죄자의 마음, 행태 등을 지속해서 관찰하고 제대로 파악해야 하는 사람들이다. Q_P_는 훌륭하게 그들을 속인다. 아니 어쩌면 굳이 속일 필요가 없었을지도 모른다. 그들은 자신이 보고 싶은 것만 보니까. 자신의 상식과 주장대로만 사람을, 사물을 파악하려 하니까. 보호 관찰관은 Q_P_가 관리하는 집을 보러 왔다가 세를 들어 사는 외국인들을 보고는 말한다. "저들에게는 백인이 관리인이라는 게 좀 이상하겠죠? (…) 다른 뜻이 있어서 하는 말은 아니오. 난 흑인 친구도 많아요. 그냥 역사가 그렇다는 거죠."

그렇다면 Q_P_의 이런 말도 누구에게나 통용될 수 있다.

그들을 포옹하는 일이 내게는 골때리게 힘들다!

Q_P_는 사람을 납치하여 자신의 좀비로 만들고 싶어 한다. 자신의 명령대로 움직이는, 그에게 명령도 지시도 하지 않고, 어떤 의심도 질문도 던지지 않는 존재. 그래서 그는 좀비를 원한다. 좀비 친구를, 어쩌면 좀비들의 세상을.

진정한 좀비는 '아니다'라는 말은 한마디도 할 수 없고 오직 '그렇다'라는 말만 할 수 있으니까. 그는 두 눈을 맑게 뜨고 있지만, 그

안에서 내다보는 것은 없고 그 뒤에서는 아무 생각도 없을 것이다. 어떠한 심판도 하지 않을 것이다. (…) 당신들과 다르다. 당신들은 나를 지켜보면서 은밀한 생각을 하지? 언제나 그리고 영원히 심판을 내리지.

Q_P_는 분명히 비정상이다. 그가 어린 시절 흠모했던 소년과 닮은 아이를 발견하고, 욕망에 들끓어 좌충우돌하는 모습을 보면 더욱 그렇다. 그에게는 오로지 자기 자신밖에 없다. 그는 미쳤다. 그는 흉악한 범죄자다. 하지만 그는 과연 우리, 정상적이고 흉악한 범죄 같은 것은 절대로 저지르지 않을 거라고 믿는 우리 그리고 이웃들과는 얼마나 다른가.

아버지가 존경했던 스승은 사후에 민간인을 대상으로 비인간적인 인체 실험을 했음이 드러난다. 아버지는 슬그머니 그와 함께 찍었던 사진을 치워버린다. Q_P_는 오래전, 아버지와 함께 대학의 연구실에 간 적이 있었다. 그곳에는 고양이, 토끼, 원숭이 우리가 한가득 쌓여 있었다. 실험용 동물들이었다. "몇몇은 눈알을 번득거렸지만 보지 못했고, 모두 입을 벌리고 있었지만 소리 내지 못했다. 들리지 않는 소리 없는 비명이 공중에 울려 퍼졌다." Q_P_가 원하는 좀비도, 그런 동물 같은 사람들이다.

좀비로 안전한 대상은 타지 사람이다. 히치하이커, 부랑자, 쓰레기

같은 부류. (비쩍 마르거나 마약 중독자나 에이즈 환자만 아니라면.) 또는 시내에서 얼쩡대는 집도 절도 없는 흑인. 아무도 신경 쓰지 않을 인간. 태어나지 말았어야 할 인간.

Q_P_가 그런 인간들만을 대상으로 삼았다면, 아마 그는 영원히 무수한 범죄를 저지를 수 있을 것이다. 그런 인간들은 실종 신고도 되지 않고, 가족들이 찾지도 않고, 따라서 그를 의심하지도 않을 테니까. 하지만 Q_P_가 교외의 백인 소년을 노렸을 때, 그는 바로 용의 선상에 오르게 된다. 그들은 보호받고 있으니까. 그들은 안전하게, 그들만의 세상에서 살고 있으니까.

Q_P_의 누나 주디는 어릴 때부터 반장에 스포츠 스타였고, 지금은 중학교 교장이다. Q_P_가 집행유예를 받은 뒤, 더욱 남동생을 아끼게 된 주디는 친구들과의 저녁식사에 그를 부른다. 주디와 친구들은 건강 보험, 범죄 문제, 우익의 편집증적 정치, 총기 소지와 낙태 등에 대해 열성적으로 토론한다. 누군가 "인류의 잔혹사 중 많은 부분이 종교 때문"이라 말하자 누구는 "종교가 아니라 권력, 정치권력이 그런 것"이라 말하고, 주디는 "우리는 외적인 것과 종교적인 것, 내적인 것과 영적인 것 사이에서 갈등하며, 다가올 새천년엔 호모사피엔스의 구원이 있을 거"라고 말한다. 토론을 지켜보면서 Q_P_는 자신이 저지른 납치와 살인에 대해 생각하고 "가슴을 도려내면 여자는 남자와 별반 다를 게 없겠지. 남자가 성기를 자르면 여자와

크게 다르지 않을 것처럼. 가슴은 주로 지방이다. 뼈는 없나?" 같은 것을 떠올린다.

그렇다면 생각해보자. 주디와 그의 친구들은 과연 Q _ P _ 와 얼마나 다른 존재일까? 우리는 과연 Q _ P _ 와 다른 존재일까?

피해자는
어떻게 가해자가 되었을까

『쿠퍼 수집하기』
폴 클리브

한때 북유럽 미스터리가 잔잔하게 인기를 끌었다. 스티그 라르손의
'밀레니엄' 시리즈와 요 뇌스베의 『스노우맨』이 베스트셀러에 올랐
고 안네 홀트의 『데드 조커』, 로테 하메르와 쇠렌 하메르의 『숨겨진
야수』 등 스웨덴, 노르웨이, 덴마크 등 북유럽 국가의 작품들이 줄지
어 출간됐다. 『불안한 남자』의 '발란데르 형사' 시리즈를 쓴 헨닝 망
켈과 『무덤의 침묵』의 아날두르 인드리다손 등도 중요한 작가들이
다. 미스터리, 스릴러로서의 완성도도 뛰어나지만 글 전체에 깔려 있
는 '북유럽' 특유의 차가운 분위기가 매우 인상적이다. 또한 경제, 사
회적으로 세계에서 가장 안정적인 국가들인 북유럽에서 벌어지는
끔찍한 사건들을 보고 있으면 세상 어디에도 '이상적인 사회'는 없다

는 암울한 생각도 든다.

　그러면 북유럽의 반대에 있는 남반구의 미스터리는 어떨까? 알렉산더 매콜 스미스의 『기린의 눈물』 등 '넘버원 여탐정 에이전시' 시리즈는 아프리카를 배경으로 펼쳐지는 대단히 유머러스하고 목가적인 분위기의 미스터리다. 그런데 호주와 뉴질랜드 등에서 나오는 미스터리는 북유럽의 미스터리와 전혀 다를 게 없다. 날씨만 지독하게 더울 뿐 그곳에서 살아가는 사람들의 풍경은 북유럽과 동일하다. 호주 작가 피터 템플의 『브로큰 쇼어』는 평화롭게만 보이는 작은 마을에 감추어진 추악한 비밀을 파헤친다. 아무리 자연이 웅대해도 인간의 어둠까지 대신 삼켜줄 수는 없다. 뉴질랜드 작가 폴 클리브의 『쿠퍼 수집하기』 역시 마찬가지다. 무척 한가하고, 어디에서나 자연을 즐길 수 있는 뉴질랜드의 화사한 풍경 따위는 찾아볼 수도 없다. 우리가 흔히 보는 대도시의 끔찍한 광경들이 그대로 재현된다.

　『쿠퍼 수집하기』의 배경은 뉴질랜드 남섬에 있는 도시 크라이스트처치. 하지만 누군가는 크라임처치라고 부르는 곳이다. 범죄심리학 교수 쿠퍼가 출근길에 괴한에게 납치된다. 지하 감옥에 갇힌 그에게 에이드리언이라는 남자가 말한다. 당신은 나의 컬렉션이라고.

　또 하나의 사건이 있다. 여대생 엠마 그린이 아르바이트를 하던 식당 주차장에서 납치된다. 엠마의 아버지인 도노반 그린은 전직 경찰 테이트에게 엠마를 찾아달라고 부탁, 아니 명령을 한다. 그들에게는 그럴 만한 복잡한 과거가 있었다.

테이트는 음주 운전자가 낸 사고 때문에 딸을 잃고, 장애가 생긴 아내까지 요양원으로 들어가는 불행을 겪었다. 테이트는 가해자를 법의 처분에 맡기지 않았다. 그를 납치하여 총으로 쏴 죽이고 암매장했다. 그 뒤로도 테이트는 계속 폭주했고 누구도 막을 수 없었다. 일 년 전, 테이트는 도시를 횡행하는 연쇄 살인범을 추적하다가 많은 사람을 죽게 했다. 때로는 무고한 사람마저. 폭주를 멈추지 못한 테이트는 결국 술을 마신 채 차를 몰다가 한 소녀를 죽음 직전까지 이르게 했다. 그를 나락으로 빠트린 사건과 동일한 잘못을 스스로 자행했던 것이다. 다행히도 살아난 소녀의 이름은 엠마 그린이었고, 테이트는 감옥에 다녀왔다. 그리고 이제 도노반이 찾아와, 자신의 딸 엠마를 찾아달라고 명령한다.

폴 클리브의 『쿠퍼 수집하기』는 하나의 사건으로 만족하지 않는다. 죄책감으로 가득한 테이트가 실종된 엠마를 찾는다. 정신병력이 있는 에이드리언이 쿠퍼를 납치했다. 테이트의 동료였던 슈로더 형사는 테이트에게 멜리사란 여인을 추적해달라고 한다. 크라이스트처치를 떠들썩하게 했던 연쇄 살인마의 애인이자, 연쇄 살인마와 함께 살인을 저질렀던 여인을. 서로 관계가 없는 것처럼 보이던 세 개의 사건은 대단히 밀접하게 연결되어 있다. 하나의 매듭을 풀면 다음 사건이 등장하는 것처럼 테이트는 엠마를 찾아가는 과정에서 쿠퍼와 멜리사에 대해서도 알게 된다. 쿠퍼는 범죄심리학 교수다. 그는 한때 정신병원에 갇힌 범죄자들을 인터뷰하여 책을 쓰기도 했고, 살인범들의 기념품이나 물품을 모으기도 한다. 에이드리언은 그런 쿠퍼를 '수집'했다. 그 이유는 대체 무엇일까? 폴 클리브는 서술 트릭을 슬쩍 끼워 넣고, 여기저기 단서를 놓아두면서 독자가 점점 이야기에 빨려 들어가게 한다. 『쿠퍼 수집하기』는 이야기의 짜임새만으로도 무척 흥미롭고 긴장 넘치는 미스터리다.

그러면서 폴 클리브는 '사형 제도'와 '복수'라는 문제에 대해 깊이 파고든다. 테이트는 TV에서 사형 제도 부활에 대한 논쟁을 지켜본다. "죽음이 희생자들에게 안식을 가져다줬다면, 그들을 죽인 살인범들에게도 동일한 호의를 베풀지 못할 이유가 어디에 있단 말인가?" 이 말만 본다면, 폴 클리브는 사형 제도나 개인적 복수에 찬성하는 것처럼 보인다. 하지만 그리 간단한 결론을 내리기엔 무리가 있다. 테이트는 경찰이면서도 개인적인 복수를 했던 인물이다. 상습적인 음주운전을 하다가 자신의 딸을 죽인 자를 납치하여 자기 손으로 죽여버렸다.

오래전 에이드리언이 갇혀 있던 정신병원에 딸을 잃은 한 남자가 찾아온 적이 있었다. 그 남자의 딸을 죽인 이는, 자신이 법정에서 어떻게 연기를 해서 정신병자로 인정받을 수 있었는지를 늘 떠들어대곤 했다. 그를 싫어했던 이들은 그 남자를 병원 지하실로 끌고 갔고, 딸을 잃은 남자는 한 시간 뒤 지하실에서 나와 돌아갔다. 그 후 누구도 두 사람을 보지 못했다. 『쿠퍼 수집하기』에는 수많은 가해자와 피해자가 등장한다. 때로는 두 가지를 모두 겸하기도 한다. 테이트도 그렇고, 멜리사에게도 끔찍한 과거가 존재한다. 세상에는 끔찍한 트라우마 때문에 피해자가 가해자가 되는 경우도 허다하다.

스티븐 킹을 존경해 호러작가가 되고 싶었던 폴 클리브는 존 더글러스의 『마인드 헌터』를 읽으면서 범죄소설을 쓰기로 결심했다고 한다. 진정한 호러는 범죄 그 자체라는 것을 깨달았기 때문에. 마찬가지로 관광 엽서에 나오는 것처럼 아름다운 크라이스트처치의 이면에 존재하는 끔찍한 풍경, 어둠이 자신을 유혹한다고 말한다.

『쿠퍼 수집하기』는 폴 클리브의 말처럼 인간의 마음에 깃든 '어둠'이 무엇인지 파고든다. 아직 깊고 세련되지는 않지만 어둠의 다양한 면모를 드러내는 솜씨는 탁월하다. 테이트와 쿠퍼, 에이드리언의 마음은 물론 도노반이나 멜리사 등 조연들의 캐릭터도 이채롭다. 그리고 무엇보다 엠마 그린이라는 인물이 어떻게 성장할 것인지가 정말 궁금해진다.

초현실주의자,
범죄로 예술을 하다

『토로스&토르소』
크레이그 맥도널드

영화 〈양들의 침묵〉에서, 감옥 바깥으로 이송된 한니발 렉터는 순식 간에 간수들을 제압한다. 간수를 공중에 마치 예수처럼 매달아놓고 는 클래식 음악을 들으며 자신의 작품을 감상한다. 한니발 렉터의 영 향을 받은 연쇄 살인마 버팔로 빌도 비슷하다. 여성이 되고 싶어, 여 성을 납치하여 가죽을 벗겨 옷을 만드는 그에게 살인은 예술 욕망을 완성하는 수단이 된다. 그들에게 살인은 일종의 예술 행위다. 크레이 그 맥도널드가 『토로스&토르소』에서 인용한 말에 따르면 이런 것 이다.

　세상 모든 일에는 두 가지 관점이 있을 수 있다. 예를 들어 살인은 도덕적 관념으로 볼 수도 있으나 (…) 고백하건대 이는 약한 쪽이고 다른 하나는 독일인들이 흔히 '좋은 취향'이라고 표현하는 미학적 관점에서 볼 수 있다. (토머스 드 퀸시)

살인을 미학적으로 경험할 수 있다면, 살인자는 예술가라 할 수 있을 것이다. 창조를 하는 대신 파괴를 반복하는 반예술가적인 퍼포먼스를 하는 행위예술가 말이다 (조엘 블랙)

크레이그 맥도널드는 소설과 영화로도 널리 알려진 엘리자베스 쇼트 살인사건 즉 '블랙 달리아'에서 출발했다. 마크 닐슨과 세라 허드슨 베일리스가 쓴『초현실주의와 블랙 달리아 살인사건』이란 책에서 말했듯, 20세기 중반 등장한 초현실주의 미학 이론은 예술만이 아니라 범죄에도 꽤 영향을 끼친 것으로 보인다. 크레이그 맥도널드는 그 점에 착안하여 "쇼트의 살인사건과 세계 대전 후의 할리우드 예술가 그룹, 그뿐만 아니라 초현실주의 미술이 계몽적인 역할을 했던 스페인 내전까지 연결된 몇십 년의 세월 동안 계속되는" 사건들을 그려낸『토로스&토르소』를 썼다.

『토로스&토르소』의 주인공은 범죄소설가인 헥터 라시터다. 어니스트 헤밍웨이의 절친한 친구이기도 한 헥터는 '자신의 소설 같은 인생을 사는 남자'로 유명하다. 그가 창작한 소설만이 아니라 실제 삶에서도 범죄가 끊이지 않고 드라마틱한 사건들이 벌어진다. 기자 출신인 크레이그 맥도널드는 방대한 자료를 활용하여 초현실주의에 매료된 예술가 혹은 범죄자들이 펼치는 유장한 범죄의 역사에 헥터를 밀어 넣는다. 헥터는 가공의 인물이지만 헤밍웨이, 존 휴스턴, 오손 웰즈 등 실제 인물들 사이에 배치된 헥터는 놀라울 정도로 생생하게 그들을 압도하며 움직인다.

1935년, 폭풍이 밀어닥치는 키 웨스트에서 헥터는 레이첼을 만나 사랑에 빠진다. 그날 저녁, 내장이 모두 제거되고 그 자리에 기계 부품들을 가득 채운 여성의 시체가 발견된다. 폭풍으로 엉망진창이 된 폐허에서 헤밍웨이와 함께 구호 작업을 벌이던 헥터는 또 다른 시체들을 발견한다. 역시 초현실주의에서 영향을 받은 듯 기괴하게 변형된 시체들. 그리고 헥터는 레이첼마저 살인마의 제물이 된 것을 알게 된다.

2년 후, 헤밍웨이를 찾아 내전 중인 스페인으로 간 헥터는 레이첼과 똑 닮은 동생 알바를 만난다. 하지만 운명의 장난처럼 두 사람은 헤어지고 1947년 헥터는 초현실주의 예술가들이 벌이는 기괴한 파티에 대해 알게 된다. 『토로스&토르소』는 1935년부터 1959년까지, 25년 동안 벌어지는 기이한 만남과 사건들을 질주한다.

『토로스&토르소』에서 가장 중요한 것은 초현실주의다. 초현실주의의 이념이나 작품에 대해 전혀 모른다면 그들이 왜 그런 '살인'을 했는지 모호할 수밖에 없다. 르네 마그리트의 〈경이의 시대〉, 살바도르 달리의 〈르 로제 상글란테〉는 『토로스&토르소』에서 살해된 여성의 몸을 변형시키는 원본이 된다. 사진작가 만 레이의 〈미노타우로스〉는 검은색 바탕을 배경으로 한 여자의 상반신 누드인데, 머리는 그림자 속에 가려 보이지 않고 팔은 마치 황소의 뿔처럼 들려 있는 모양이다. 〈미노타우로스〉의 이미지는 『토로스&토르소』에서 반복해 사용된다. 초현실주의에 공감 혹은 중독된 이들은 현실과 꿈의 경계를 지워버리기 위해 살인을 이용한다. 혹은 초월하기 위하여.

초현실주의에 중독된 모든 이들이 범죄를 저지르는 것은 당연히 아니다. 본디 갖고 있던 뒤틀린 내면이 그들을 더욱더 어두운 욕망으로 이끈다. 레이첼의 아버지는, 아내가 죽은 후 어린 레이첼의 누드 사진을 찍고 근친상간을 한다. 그건 결코 초현실주의 때문이 아니다. 생각해보자. 흉악 범죄가 나올 때마다 매스미디어는 만화, 영화, 게임 등에서 범죄의 근원을 찾으려 한다. 하지만 수십만, 수백만 명이 영화를 보았는데 특정인만 범죄를 저지르는 이유는 무엇일까? 영화는 그저 핑곗거리이고 다른 심각한 문제가 있을 가능성이 크다. 누군가를 범죄자로 만드는 것은 영화나 만화가 아니라 현실의 어떤 부조리와 폭력이다. 혹은 본성이거나.

그렇다면 『토로스&토르소』의 초현실주의자들이 저지르는 범죄는 무엇 때문일까? 경우에 따라 다르겠지만 한 가지 분명한 사실이 있다. 크레이그 맥도널드는 『토로스&토르소』를 쓰기 위해 자료를 찾다가 스페인 내전 당시 초현실주의자들이 고안한 감방의 디자인에 대한 보고서를 읽게 되었다. 마치 에셔의 그림에서 보는 것처럼,

기울어진 침대와 의자, 벽돌과 기하학적인 블록이 쌓인 바닥. 패턴과 무늬, 나선과 착시의 요소들로 가득한 둥근 벽, 낮밤으로 깜빡이는 불빛 등등 초현실적인 디자인의 감옥이었다. 그 감옥에서 이틀 이상 제정신으로 버틴 사람이 없었다고 한다. 그 감옥은 지금 미군의 아부그레이브 같은 수용소에서 재현된다. 때로 신념은, 인간을 광기로 밀어 넣는다. 자신의 이상을 위해서는 어떤 폭력과 희생도 용납할 수 있다는 광기로. 문제는 사상 자체가 아니라 집착하고 절대화하는 개인에게 있는 것이다.

『토로스&토로소는 실제 인물과 사건들을 절묘하게 픽션과 뒤섞는다. 헥터가 정말 헤밍웨이의 절친한 친구였고, 그들 간의 애증이 무엇이었는지 절감하게 할 정도로. 그런데 그런 기교보다 눈길을 끄는 것은 헥터와 레이첼의 끈질긴 운명의 끈이다.『토로스&토로소』에서 투우는 〈미노타우로스〉의 이미지인 동시에 헥터와 레이첼의 관계를 설명해주는 상징으로 반복된다. 헤밍웨이는 말한다. "투우는 예술가 자신이 죽음의 위협에 처하는 유일한 예술이며, 퍼포먼스의 탁월함이 투사의 명예로 치환되는 유일한 공연이다." 여기에 하나를 덧붙일 필요가 있다. '합법적인.' 불법적이고 비윤리적인 것도 예술에 포함한다면 '살인' 역시 투우와 동등해질 수 있다. 초현실주의에 경도된 혹은 자신의 내면을 살인을 통해 정화할 수밖에 없는 그들은 살인을 미학적으로 승화시키려 할 테니까.

투우에는 케렌시아라는 용어가 있다. 케렌시아란 투우장 안에서 황소가 편안함을 느끼는 장소를 말하는데, 황소는 자꾸만 그 지점으로 돌아와 결국 투우사에게 죽는다. 죽음과 편안함이 공존하는 곳. 헥터와 레이첼에게는 서로가 케렌시아였다.

현실과 허구를 절묘하게 직조한 『토로스&토르소』는 실존 인물과 작품들을 계속 등장시키면서도 경쾌하고 빠르게 읽힌다. 미술 전문가가 아닌 탓에 『토로스&토르소』가 초현실주의 미술에 대해 얼마나 정확하게 '증언'했는지는 모르겠지만 적어도 작품 안에서는 탁월하게 기능한다. 헥터 라시터라는 매력적인 주인공과 함께. 역사적 인물, 사건을 다룬 범죄소설 중에서 『토로스&토르소』는 단연 발군이다.

복수를 위해
폭력을 이용하는 악녀

『히토리 시즈카』
혼다 테쓰야

드라마를 먼저 봤다. 정확하게 말하면 드라마로 만들어진 〈스트로베리 나이트〉를 먼저 보고 그 후에 〈히토리 시즈카〉를 봤다. 앞에서도 밝혔듯 혼다 테쓰야의 소설을 하나도 안 읽은 상태에서 드라마만 먼저 봤던 것이다. 두 편의 드라마는 여성을 개성적으로, 주의 깊게 다루는 시선이 인상적이었다. 『스트로베리 나이트』의 히메카와는 직관적인 추리가 발군인 형사다. 억센, 아니 거칠거나 교활한 남자 동료들 사이에서 히메카와는 '여성적'인 면을 포기하지 않고 당당하게 맞서 싸워나간다. 그녀의 강함은 터프하거나 물리적인 면만이 아니다. 그녀는 강인했고, 그 강함에는 과거의 상처가 들어 있었다. 『히토리 시즈카』는 소위 '악녀'의 이야기다. 세상의 폭력에 대항하여, 자신의 폭력으로 질주하는 그녀의 내면이 참 궁금했다.

특히 드라마를 본 후 혼다 테쓰야의 원작이 꼭 읽고 싶었다. 4부작으로 만들어진 드라마 〈히토리 시즈카〉는 주인공인 이토 시즈카에 대한 이야기를 거의 하지 않았다. 이토 시즈카란 여인이 매번 등장하긴 하지만 늘 이야기의 바깥에 머물러 있었다. 주인공들이 겨우 그녀를 만나고 대화를 해도 단지 겉모습만을 보여주었다. 엄청난 사건들이 계속 일어나고 이토 시즈카가 연루, 아니 개입되어 있다는 것을 보여주면서도 그녀의 진정한 의도나 이유 등은 의도적으로 모호하게 그렸다. 그녀가 궁금했다. 그녀가 알고 싶어졌다.

혼다 테쓰야의 『히토리 시즈카』는 장마다 각기 다른 화자인 '나'가 이야기를 한다. 1장 「어둠 한 자락」에서 화자는 경찰인 기자키다. 자신이 맡은 구역에서 총격사건이 일어나 건달이 사망한다. 용의자가 잡혔는데, 그는 방 안에 여자애가 있었다고 말한다. 2장 「반디 거미」에서는 다른 경찰, 3장 「썩은 시체 나비」에서는 탐정이 화자가 된다. 각 장의 '나'는 사건을 수사, 조사하다가 이토 시즈카에 다다르게 된다. 현직 경찰의 딸인 이토 시즈카에게.

1장에서 시즈카는 어디론가 사라지고 이후 각각 다른 사건에서 모습을 드러낸다. 그녀의 이야기는 각각의 화자가 보게 되는, 알게 되는 것들만으로 모습을 드러낸다. 히가시노 게이고의 『백야행』이 떠오르기도 한다. 10대 시절부터 십 년이 넘게 갖가지 범죄를 저지른 남자가 있다. 그런데 알고 보니 그 뒤에는 한 여인이 있었다. 소설에서는 그녀의 행적을 직접 묘사하지 않는다. 그녀의 마음 역시 마찬가지다. 오로지 그의 범행을 통해서, 그가 그녀를 어떻게 생각하는지에 의해서만 묘사된다. 그녀 역시 악녀다. 사람을 조종하고, 마음을 움직여 자신이 원하는 바를 얻어내는 여인. 『히토리 시즈카』를 읽다 보면 『백야행』이 떠오른다.

그 말을 듣는 순간 그녀는 놀라서 눈이 휘둥그레졌다. 하지만 곧바로 다시 미소를 지었다. 누군가는 이 표정에서 요염함을 느끼겠지만 내 눈에는 사악하게 보였다. 몹시 기분 나쁜 미소였다. 악녀다. 쉬운 상대가 아니다. 인간 같지도 않다. 마치 벌레 같다. 사마귀나 거미 같은 공격적인 부류의 벌레.

장을 넘길 때마다 드러나는 이토 시즈카의 얼굴은, 악녀다. 겨우 중학생일 때부터 그녀는 배후에서 모든 것을 움직이고 사람을 죽이는 일도 서슴지 않는다. "정말 형편없어. 겨우 그 정도 실력으로 나에게 덤빈 거야? 주도면밀함이 모자라는군. 당신, 죽어줘야겠어." 그리고 말한다. "난 가가 같은 놈도 혐오하지만 스스로 목숨을 끊는 나약한 사람도 싫어요. 그보다 더 싫은 건 (…) 경찰! 당신 같은 위선적인 사람이 제일 싫다고." 그녀를 만나 대화했던 경찰의 말처럼, 그녀는 "사회에 뭔가 정체 모를 원망을 가득 품고" 있다. 대체 왜인지는 4장에서 어느 정도 드러난다. 그녀가 여덟 살 때부터 무슨 짓을 당했는지, 그녀가 세상에 대해 어떻게 생각하고 대처했는지 보여준다. 이토 시즈카는 희생자였다. 그 누구도 그녀를 구해주지 않았고, 돌보지 않았다. 홀로 선 그녀는 자신에게 가해진 폭력에서 벗어나기 위해 혹은 복수하기 위해 '폭력'을 선택한다. 해설을 쓴 추리소설평론가 세키구치 엔세이의 말처럼 "수동적인 인간이 수동적인 형태 그대로 가해자가 된" 것이다.

나는 폭력을 부정하지도 긍정하지도 않아요. 단지 이용할 뿐이죠. 내 나름의 방식대로 폭력을 다루는 거예요.

그런데 묘하다. 『히토리 시즈카』는 마지막 장 「혼자서 조용히」에서 모든 것을 뒤집어버린다. 어린 시절의 상처 때문에, 자신이 살아남기 위해 폭력을 선택한 여성. 그녀는 폭력을 이용하여 타인을 조종하고 때로 죽여버렸다. 그녀는 분명 악녀다. 그런데 마지막 장에서 자명한 사실들이 다시 역전된다. 그녀의 진짜 얼굴이 무엇이었는지 애매해진다. 각각 다른 사건을 쫓다가 다시 서른이 넘은 이토 시즈카에 다다르게 된 형사들. 과거에 시즈카를 만났던, 혹은 쫓았던 이들이 다시 모인다. 그리고 허탈하게 말한다.

대체 우리는 뭘 한 걸까? 이 사건을 17년이나 조사했는데 대체 무얼 밝힌 걸까? 조사하면 조사할수록 오리무중이었어. 뭔가를 알아내면 알아낸 만큼 시즈카는 더 멀리 가버렸고. 결국 우리는 그녀를 잡는 데 실패했지. 이게 대체 뭘까, 후지오카? 우리가 어떻게 해야 옳았던 걸까?

겨우 시즈카를 손에 넣기는 했으나 아무것도 남겨주지 않고 그녀는 영원히 떠나버린다. 시즈카에게 어떤 이야기도 듣지 못하고 무엇이 진실인지, 어떤 이유가 있었는지도 알지 못하게 된다. 그저 자신이 수사한 사건, 그녀를 바라보면서 얻은 인상만이 있을 뿐이다. 시즈카가 폭력을 선택한 악녀인 것은 분명하나, 그녀가 누구였는지는 알 길이 없어진다. 그 모호함 혹은 불투명함이 더욱더 시즈카란 여인에게 끌리게 한다. 그녀가 알고 싶어서, 위험한 그녀의 마음을 들여다보고 싶어서.

혼다 테쓰야는 『히토리 시즈카』를 대단히 건조하게 썼다. 원래 스타일이 그런 건 아니다. '히메카와 시리즈'인 『스트로베리 나이트』, 『소울 케이지』, 『시머트리』, 『인비저블 레인』은 꽤나 풍성하게 상황과 감정을 묘사한다. 혼다 테쓰야는 문장을 탁탁 끊어치며 힘차게 전진하지만 메마르진 않다. 하지만 『히토리 시즈카』는 다르다. 의도적으로 최소한의 정보만을 제공하며 시즈카라는 인물의 퍼즐에 집중하기를 원한다. 섣부르게 판단할 단서를 내비치지 않는다. 드라마가 만들어졌을 때, 혼다 테쓰야는 이런 코멘트를 했다.

『히토리 시즈카』는 제 작품 중에서도 가장 변칙적인 구조를 가졌습니다. 어쩌면 시즈카는 가장 난해한 주인공일 거라고 생각합니다. 쫓으려고 하면 할수록 시즈카는 멀리 달아나버립니다. 생각해보면 그녀는 깊은 어둠 뒤에 숨어 있습니다. '시즈카라는 수수께끼를 푼다'라는 점에서는 시청자, 촬영자, 연기자 모두 같을 것입니다.

어둠 속에 숨어 있는 시즈카. 그건 드라마를 다 본 후에도, 소설을 다 읽은 후에도 마찬가지다. 나는 여전히 그녀가 궁금하다. 영원히 풀 수 없는 수수께끼다. 그래서 악녀, 팜므 파탈인 시즈카에게 너무나도 끌릴 수밖에 없다. 이해할 수 없기에 두렵고, 그래서 더욱 끌린다.

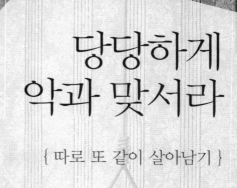

당당하게
악과 맞서라

{ 따로 또 같이 살아남기 }

세상에는 악이 있다. 절대악까지는 모르겠다. 하지만 절대악이 아니어도,
타인에게 끔찍한 상처와 고통을 안겨주면서도 눈 하나 깜짝하지 않는 사
람들은 분명히 존재한다. 내가 눈감으면, 모두가 눈을 감으면 결국 세상
은 엄청난 폭력으로 뒤덮일 것이다. 『푸른 작별』의 맥기는 세상과 거리를
두고 자신만의 요트에서 살아간다. 하지만 돈을 벌기 위해서는, 살아가기
위해서는 사람을 만나고 의뢰받은 사건을 해결해야 한다. 홀로 되는 것을
두려워해서는 안 되지만, 완벽하게 외톨이로 살아가는 것도 불가능하다.
다른 사람에게 상처를 주는 것도, 도움을 받는 것도 살아간다면 필수적인
것이니까. 혼자 갈 수밖에 없는 인생이지만 결코 눈을 감지는 말자.

때로는 직관이
증거보다 낫다

『데드 조커』
안네 홀트

노르웨이 작가 안네 홀트의 『데드 조커』를 읽으면서 주인공인 한네 빌헬름센에게 빠져들었다. 범죄소설에서 캐릭터는 정말 중요하다. 70년대 미국 드라마 〈형사 콜롬보〉의 인기에는 피터 포크가 연기하는 어리숙해 보이는 캐릭터가 한몫했다. 후줄근한 바바리코트를 걸치고, 둔하고 산만한 것처럼 보이지만 툭 던지는 예리한 질문들. 완전범죄를 꿈꾸던 범죄자들은 콜롬보의 날카로운 눈을 결코 벗어나지 못한다. 콜롬보 캐릭터는 일본으로 넘어가 최고의 범죄 드라마였던 〈후루하타 닌자부로〉로 변주됐다. 후루하타는 콜롬보보다 잘생겼고 패션 감각도 뛰어나지만 용의자를 다루는 방식이나 은근슬쩍 흔들어놓는 수법은 콜롬보를 떠올리게 했다.

21세기에도 영화와 드라마로 맹활약 중인 셜록 홈즈를 비롯하여 미스 마플, 엘러리 퀸, 필립 말로, 마이크 해머 등등 수많은 명탐정이 등장했고, 시대가 바뀌면서 거칠고 매력적인 형사들이 바통을 이어받았다. 아무래도 현대사회에서 범죄를 직접 다루는 이들은 탐정보다 경찰, 형사일 수밖에 없다. 미국에서 사립 탐정의 역할은 여전히 중요하지만 강력 범죄나 연쇄 살인범과의 대결 등은 경찰, FBI 등 정부 조직의 역할이 절대적이다. 일본에서 경찰물이 대세인 것도 조직 문화를 중시하는 사회 구조 때문이라고 할 수 있다.

　여성이라면 탐정 역할에 더욱 불리하다.『블랙 리스트』의 V.I. 워쇼스키,『여자에겐 어울리지 않는 직업』의 코델리아 그레이,『원 포 더 머니』의 스테파니 플럼 등등 하드보일드부터 유머러스한 스타일까지 다양한 여성 탐정이 존재하지만 숫자가 많지는 않다. 조직에 속하지 않은 탐정은 스스로 자신을 보호하고 책임져야 하니까. 강하지 않으면 범죄자들과의 전쟁에서 결코 살아남을 수 없다.

　경찰 조직은 여성이 생존하기에 좀 더 나은 환경이다. 경찰 조직의 여성으로는 헨닝 망켈의 린다 발란더, 테스 게리챈의 형사 리졸리와 검시관 아일스, 타나 프렌치의 캐시 매덕스 등이 있고 베스트셀러였던『백설공주에게 죽음을』도 피아 형사가 주인공이다. 형사들은 항상 파트너와 함께 움직이고 위급한 상황에서는 다양한 지원을 요청할 수 있다는 점에서 탐정보다 여성에게 유리하다. 어느 정도의 격투가 가능하고 범인을 제압할 만큼 터프함도 갖춰야 하지만 여성이라는 신체적 불리함을 상쇄시킬 수 있기 때문에. 또한 『백설공주에게 죽음을』의 피아가 그렇듯이 여성은 직관적인 사고에 능한 경우가 많기에 사건 수사에서도 의외의 활로를 찾는 경우가 많다. 『데드 조커』의 한네 빌헬름센 역시 그렇다.

변호사였고 법무부 장관까지 지낸 안네 홀트가 창조한 '한네 빌헬름센 시리즈'는 500만 부가 넘게 팔린 히트작이다. 고등 검사 할보르스루드가 아내를 죽인 혐의로 체포된다. 그런데 할보르스루드는 범인을 보았다며, 과거에 자신이 수사했던 기업가 스톨레 살베센이라고 주장한다. 스톨레 살베센의 행적을 쫓아가지만, 그는 며칠 전 바닷가 근처의 다리에서 뛰어내려 자살한 것으로 추정된다. 죽은 사람이 살인을 저지를 수는 없지만 수사 반장인 한네는 할보르스루드에게서 살해 동기를 발견할 수가 없었다. 모든 증거가 할보르스루드를 가리키고 있지만 모든 것이 너무나 허술하고 나태했다. 수많은 사건을 수사했던 검사가 범죄를 저질렀다면 모든 증거를 곳곳에 남겨두고도 과연 모를 수 있을까? 한네는 생각한다. "비논리적이고, 불완전하고, 조잡하지. 이 사건은 마치……."

『데드 조커』는 한네 빌헬름센이 거의 모든 것이다. 물론 이야기도 대단히 흥미롭다. 모든 증거가 검사인 용의자를 가리키지만 왜 그토록 허술하게 사건을 저지르고 설득력이 부족한 진술을 하는 것인지 한네는 이해할 수 없다. 여기에 소아성애자인 기자, 에발 브로모의 이야기가 끼어든다. 이야기의 후반부로 진입하면서 사건은 점점 더

애매해진다. 할보르스루드를 그냥 기소해버린다면 간단하겠지만 한네는 그가 범인이 아니라는 심증이 너무 강하다. 또 하나의 인물이 나타난다. 어린 시절 의부에게 성적 학대를 당하고, 그가 감옥에서 나오자 잔인하게 살해했던 청년 에이빈 토르스비크. 에이빈의 정체와 그가 하는 일은 대체 무엇일까? 또 자살한 것으로 보이는 살베센은 과연 이 사건에서 어떤 역할을 맡은 것일까?

『데드 조커』는 단순한 치정이나 복수를 넘어서 한 인간이 사회에서 어떻게 파괴되고 매장당하는지를 잘 보여준다. 그것만으로도 『데드 조커』는 강한 울림을 준다. 하지만 한네 빌헬름센이 없다면 약간 무게가 덜해진다. 『데드 조커』는 한네 빌헬름센이 등장한 다섯 번째 작품이다. 1993년 『눈 먼 여신 Blind Goddess』로 출발하여 1999년 『데드 조커』를 거쳐 2007년 여덟 번째 작품 『1222』까지 발표했다. 아마도 형사로 시작했을 한네 빌헬름센은 『데드 조커』에서 수사 반장으로 승진했다. 친구인 호콘 검사와 카렌 변호사, 동료 형사인 빌리 티 그리고 한네와 동거하는 동성의 연인 세실리가 그동안 함께해왔을 것이다. 그들의 전사가 조금씩 드러나는데 『데드 조커』에서 두드러진 것은 변화, 아니 변화 정도가 아니라 완벽한 전환점이다. 한네는 세실리가 암에 걸린 것을 알게 된다. 연인 이상으로 가깝고 의지했던 빌리 티가 다시 결혼한다는 것을 알게 된다. 한네를 가장 잘 이해하고, 그녀를 지켜줬던 두 사람이 멀어지는 것이다.

호콘과 빌리 티는 자신들이 대체 왜 그렇게 한네를 사랑하고, 걱정하고 있는지 이유를 알고 싶어 한다. 하지만 그들도 이유는 정확하게 모른다. 그저 '한네이기 때문에'가 유일한 답이다. 가족들과는 거의 생이별 상태이고, 대형 오토바이를 끌고 다니고, 줄담배를 피우다 화가 나면 재떨이도 던지는 괴팍한 여인. 그런 거칠고 개성적인 모습이 바로 한네의 매력이다. 세상과 거리를 두고 자신의 룰만을 지키며 살아가는 것 같은 인간, 여성. 그런 한네가 『데드 조커』의 이야기 속에서 마구 흔들린다. 그녀의 모든 벽이 허물어져버린다.

세실리가 죽고, 빌리 티가 멀어진다. 그리고 '천사' 같은 에이빈이 나타난다. 감옥에서 나온 후 소설가가 된 에이빈은 "자신의 삶이 글로 쓸 수 있을 만큼 굴곡졌다"고 말한다. 자신의 소설은, 다른 방식과 형태로 만들어낸 자신의 삶이라면서. 에이빈 토르스비크는 첩첩이 쳐놓은 울타리 안에 들어앉아 고독하게 살아가는 남자였다. 한네 빌헬름센처럼. 『데드 조커』를 읽고 나면, 한네 빌헬름센의 다른 이야기가 무척 읽고 싶어진다.

절망을 통과하며
성장하는 인간

『레오파드』
요 네스베

스노우맨을 잡기는 했지만, 해리 홀레는 모든 것을 잃었다. 지독한 현실에서 그나마 그가 신뢰하고 마음을 줄 수 있었던 모든 것이 붕괴돼버렸다. 그런 점에서 스노우맨은 목적을 달성했을지도 모른다. 홀레에게 최악의 상황을 선사했다는 점에서.

> 고통과 죽음은 인간이 겪는 최악의 상황이 아니니까. 인간이 겪는 최악의 상황은 굴욕이야. (…) 가지고 있던 것을 모두 빼앗기는 굴욕, 추락, 수치.

요 네스뵈의 『레오파드』는 전작 『스노우맨』에서 그대로 이어진다.

모든 것을 잃고 사라진 홀레를 찾아 카야 솔레스가 홍콩으로 향한다. 다시 연쇄 살인이 일어났고 상사인 군나르 하겐 경정이 홀레의 도움을 원한다고 전했지만 관심조차 없던 그가 돌아온 건 아버지의 병환 때문이었다. 죽음을 앞둔 아버지를 만나기 위해 돌아온 홀레에게 이상한 적이 나타난다. 미국으로 치면 FBI라고 할 만한 조직, 크리포스의 수장인 미카엘 벨만. 승리하기 위해서라면 어떤 비열하고 악랄한 짓도 서슴지 않는 벨만의 목적은 차후 연쇄 살인 등의 강력 범죄들을 강력반이 아닌 크리포스에서 도맡는 것이다. 연쇄 살인을 해결하여 크리포스의 실력을 입증하려는 벨만은 홀레가 돌아온 날부터 그를 괴롭히기 시작한다.

두 건의 연쇄 살인 희생자들은 기묘한 방법으로 죽었다. 입안에는 스물네 개의 상처가 있었고, 자신의 피에 익사했고, 콜탄의 흔적이 남아 있었다. 그러나 같은 방법으로 죽은 희생자 간의 관계를 전혀 찾을 수 없었다. 홀레가 돌아오자마자 국회 의원인 마리트 올센이 교수형 당하는 사건이 일어나고 점점 희생자가 늘어난다. 벨만은 갖은 방법으로 홀레의 사건 수사를 방해하고, 강력반의 정보는 누군가에 의해 크리포스로 흘러들어간다. 홀레에게 남은 것은 아무것도 없었다. 그럼에도 홀레는 범인을 잡기 위해서 최선의 선택을 한다.

넌 용감한 아이였다. 해리. 어둠을 무서워했지만, 어둠 속에 들어가기를 주저하지 않았지.

『레오파드』는 '해리 홀레 시리즈'의 여덟 번째 책이다. 『스노우맨』
과 『레오파드』를 통해서 홀레의 가장 어두운 면이 무엇인지, 바닥이
어디인지 알 수 있다. 무려 781쪽에 이르는 『레오파드』는 홀레를 더
욱 깊은 심연으로 끌어들인다.

사람은 누구나 겉보기와는 다르며, 인생은 솔직한 배신을 제외하
면 대부분이 거짓말과 기만이라는 말. 그리고 우리도 별반 다르지
않다는 사실을 깨닫게 되는 순간, 더 살고 싶어지지 않는다는 말.

홀레는 도망치려 한다. 아니 실제로 도망쳤다. "상처를 받으면 숨
는 것이 인간과 동물의 자연스러운 반응이다. 그리고 해리 홀레는 분
명 상처를 받았다." 상처를 받고 숨어버렸던 홀레는 노르웨이로 돌아
와 다시 상처를 받으며 자신의 인생과 직면한다. 어디서부터 어긋난
것인지, 어디서부터 스스로 파괴하기 시작했는지 되짚어본다. 아버
지의 죽음을 통해서, 믿었던 이들의 배신을 통해서. 하지만 홀레가 원
한 것은 따스한 애정이나 관심 같은 것이 아니다. 그가 노르웨이로 돌
아와야만 했던 것은, 그 모든 것의 근원을 응시할 필요가 있었기 때문
이다.

사랑과 미움은 같아. 모든 것은 사랑에서 시작하지. 미움은 그저
동전의 이면일 뿐이야. 난 네가 술을 마시는 이유가 네 엄마의 죽

음 때문이 아닐까 늘 생각했다. 아니면 네 엄마에 대한 사랑 때문이거나.

『레오파드』는 홀레의 근원만이 아니라 소설에 나오는 많은 이의 과거를 파고들어간다. 어릴 때의 학대와 폭행 때문에 타인의 고통과 불행에 무감해진 남자도 있고, 억눌린 분노를 한순간에 터트리며 많은 이들을 죽음으로 몰아넣는 이도 있다. 타인에 대한 복종과 질투, 뒤틀린 마음을 폭력으로 풀어내는 남자 역시. 『레오파드』는 하나의 범인을 쫓아가는 이야기가 아니다. 연쇄 살인은 기괴하고 복잡하게 남자들의 어두운 과거와 연결되어 있고, 그 안에서 홀레는 자신의 바닥까지 다시 한 번 추락한다. 정신과 육체 양면에서. 『레오파드』의 해리 홀레는 끊임없이 의심하고, 절망한다.

그녀가 얼마나 상처받기 쉬운지, 모든 게 얼마나 빨리 변했는지, 눈 깜짝할 사이에 얼마나 많은 것이 파괴될 수 있는지 생각했다. 그것이 인생이다. 파괴되는 과정, 시초의 완벽함으로부터의 붕괴. 갑작스럽게 한순간에 무너질 것이냐, 천천히 무너질 것이냐 만이 유일하게 마음을 졸이는 상황이다. 서글픈 생각이었지만 해리는 그 생각을 떨칠 수 없었다.

홀레는 마지막 순간까지 자신의 빛을 놓지 않는다. 그가 잡아야 하는 악당, 범죄자들처럼 자신의 모든 것을 어둠에 맡기지 않는다.

경찰관들의 비겁한 충성심. 나중에 자신이 힘들 때 도움이 필요할 거라는 이유만으로 존재하는 배타적인 동지애 따위는 경멸해. 날 대신해 복수하고, 증언하고, 필요하면 내 잘못을 보고도 못 본 척하는 동료 따위는 딱 질색이야. (…) 하지만 내가 가진 건 경찰뿐이야. 그들이 내 동족이지.

카야는 홀레에게서 소년 같은 모습을 본다. 절망과 고통으로 가득하지만, 그래도 뭔가를 믿고 싶은 마음이 여전한 소년. 홀레를 가장 잘 아는 이들은 결국은 그의 동료들이다. 해리 홀레가 어떤 사람인지는, 그가 신뢰하는 과학 수사 요원인 비에른 홀름의 말로 알 수 있다.

그 인간은 늘 문제만 일으킨다. 괴팍한 데다, 일할 때 남을 배려할 줄도 모른다. 술에 취하기라도 하면 단연코 위험인물이다. 하지만 취하지 않았을 때는 정직하다. 일단 그가 나타나면 일이 간단히 해결되고, 그걸로 '너 나한테 빚졌어'라고 생색내지도 않는다. 짜증나는 적수지만 좋은 친구다. 좋은 사람이다. 빌어먹게 좋은 사람.

『레오파드』는 야심찬 작품이라기보다 홀레의 모든 것을 드러내고 비워내려는 시도처럼 보인다. 끔찍한 범죄들을 통해 심연을 들여다본 죄로 피폐해지고 모든 것을 잃어버린 남자가 재생하기 위한, 길고도 고독한 여행. "금이 가며 갈라지는 벽, 그를 산 채로 잡아먹는 눈, 숨을 쉴 수 없다는 공포감, 검은 돌멩이를 향해 떨어질 때 느꼈던 그 순백색 공포. 그는 너무 외로웠다." 그 수난을 통과하면서 홀레는 성장한다. 다시 세상에서 도망쳐도 다시 돌아올 수 있을 만큼.『레오파드』는 해리 홀레를 만나기 위한 긴 여행의 완결편이다.

가장 사소하고
평범한 악

『안녕, 긴 잠이여』
하라 료

일 년간 사무실을 비우고 떠돌아다니던 탐정 사와자키가 돌아온다. 사무실 앞 노숙자를 통해 들어온 의뢰는 11년 전, 누이의 자살을 조사해달라는 것이다. 고등학교 야구부 선수였던 우오즈미 아키라는 승부 조작에 연루되었다. 무고한 것으로 밝혀졌지만 아직 경찰에서 풀려나기 전에 누나가 아파트에서 뛰어내렸다. 다수의 목격자도 있어 자살이 분명하지만 아키라에게는 아직도 앙금이 남아 있었다.

하라 료의 『안녕, 긴 잠이여』는 『그리고 밤은 되살아난다』와 『내가 죽인 소녀』에 이어 사와자키 탐정이 세 번째로 등장하는 작품이다. 『그리고 밤은 되살아난다』에서 시작된 이야기들이 마무리되는 3부작의 마지막 편. 사와자키의 사무실 이름은 '와타나베 탐정 사무소'

다. 전직 경찰이었던 와타나베가 만든 회사에 사와자키가 직원으로 들어갔다. 그런데 와타나베가 야쿠자와 경찰을 속이고 각성제와 돈을 가로채 달아나는 사건이 일어난다. 야쿠자와 경찰은 동료였던 사와자키를 추궁하지만 그 역시 와타나베의 행방을 몰랐다. 그렇게 세월은 흐르고 사와자키는 여전히 야쿠자와 경찰의 감시를 받으며 신주쿠 귀퉁이에 있는 '와타나베 탐정 사무소'에서 홀로 일하고 있다.

하라 료는 미대 출신의 재즈 피아니스트였다. 취미로 읽던 범죄 소설에 탐닉하다가 아예 일을 접고 고향에 내려가 마흔셋의 나이인 1988년 『그리고 밤은 되살아난다』를 발표하며 작가로 데뷔한다. '안녕, 긴 잠이여'라는 제목을 들으면 탐정 필립 말로가 등장하는 레이먼드 챈들러의 『빅 슬립』이 떠오른다. 하라 료는 많은 범죄소설 중에서도 특히 레이먼드 챈들러의 하드보일드에 푹 빠졌고 소설을 쓸 때 지향점으로 삼았다. 필립 말로를 일본이라는 시공간으로 보낸다면 아마도 사와자키처럼 말하고 행동하지 않았을까. 하라 료의 소설은 미국의 하드보일드를 이상향으로 삼으면서 일본의 '하드보일드'를 완성한 작품이다.

이제 40대 후반이 된 사와자키는 언제나 냉정하다. 결코 감정에 휘둘리거나 서둘러 예단하지 않는다. 그렇다고 해서 감정이 존재하지 않는 것은 아니다. 모든 것을 느끼고 인식하지만 감정적으로 발산하는 일이, 인생에 별 도움이 되지 않는다고 배운 것이다. "실패한 당사자에게는 앞을 가로막은 장애물에 걸려 넘어지면 잠자코 일어나 다시 한 번 달리는 길 외에 방법이 없다. 불행이니 어쩌니 하는 생각이 드는 것은 남의 일일 때뿐이다." 사와자키는 자신이 누구인가, 무엇을 하고 있는가를 정확하게 파악하고 있다.

그와 젊은 노숙자는 오늘 밤 각자 맛본 공포 체험을 안주 삼아 밤이 새도록 이야기를 나누리라. 그 이야기 속에서는 나도 하시즈메나 사가라, 젊은 노숙자를 때린 조직원들과 같은 부류에 지나지 않을 것이다.

사와자키는 탐정이라는 '잔인한 직업'을 가지고 있다. 오로지 자신의 힘과 능력에 의지하여 살아가는 인생. 게다가 탐정이란 대체로 환영받지 못한다. 경찰은 탐정이 걸리적거린다 생각하고 범죄자들은 무시하고 조롱한다. 보통의 사람들은 사와자키가 자신에게 어떤 도움이 될 것인지 생각한다. 탐정은 사람들이 감추고 싶어 하는 비밀을 캐내야만 한다. 경찰이 찾아내지 않는 사적인 비밀까지 파고들기도 한다. "탐정이라는 직업은 남의 기분을 쾌적하게 해주기 위해 존재하지 않는다. 대개 그 반대다." 하드보일드 소설에 등장하는 탐정은 세계의 선의나 평화를 신뢰하지 않는다. 자신이 모든 것을 해결해줄 수 있다고 생각하지도 않는다. 그래서 의도적으로 위악을 보이기도 한다. '자기 자신을 나쁘게 드러내고 싶어 하는 취미가 있으시군요'라는 말을 듣기도 하고.

하지만 탐정에게는 자신만의 윤리가 있다. 세상에는 어떤 절대적인 도덕이나 기준이 존재하지 않는다고 믿기에 자신만의 기준이 있어야 한다. 그래야만 잔혹한 세상에서 홀로 버틸 수가 있다. 사와자키는 어디에도 의존하지 않는다. 무조건 자신만의 규칙을 강요하지도 않는다. 『안녕, 긴 잠이여』에는 경찰과 야쿠자, 노숙자, 전직 야구 선수, 일본의 전통 예술인 '노'를 하는 가문 등 다양한 집단이 나온다. 각자의 세계에는 그들만의 룰이 있다. 그들은 자신의 규칙을 지키면서 살아가고, 그것이 위협받을 때는 폭력적으로 변하거나 때로는 극단적인 범죄를 저지르기도 한다. 그들은 결코 현자가 아니고 그렇다고 괴물도 아니다. 사와자키도 마찬가지다.

사와자키는 조사를 하다가 노를 보러 가게 된다. 공연은 노와 교겐이 함께 구성되어 있다. 노와 교겐을 보면서 사와자키는 생각한다. "노는 환상적이며 그에 비해 교겐은 현실적이라는 지적을 하는 이도 있다. (…) 교겐도 노와 마찬가지로 단순한 리얼리즘이 아니다. 둘 다 환상의 앞면과 뒷면을 지닌 것이다." 우리가 보는 세계도 그렇고, 살아가는 세계도 마찬가지다. 모든 것은 사실인 동시에 환상이다. 우리는 결국 우리가 보고 싶은 세계를 보고, 자신이 살아가고 싶은 세계를 선택하는 것이다. 그것을 타인에게 강요하면 비극이 시작된다.

하드보일드 소설은 탐정이 배우자의 불륜이나 가족의 실종 같은 작은 일들을 조사하다가 '거대 악'과 만나게 되는 이야기가 많다. 그러나 『안녕, 긴 잠이여』는 거대 악으로 나아가지는 않는다. 오히려 주변의 가장 사소하고 평범한 것들에 걸쳐진 '악'을 만나게 된다. 평범이라고 부를 필요조차 없다. 우리는 누구나 그렇게 살아간다. 악이라는 건 선과 마찬가지로 그저 일상이다. 다만 그 악을 눈으로 직접 확인했을 때의 충격이 아찔할 뿐.

결국, 제 의뢰가 꼭 필요한 일이었는지 어떤지 알 수 없게 되고 말았네요. (…) 그 후 만난 모든 사람이 작은 돌을 옮기려다가 큰 산사태를 일으킨 멍청한 남자를 보는 듯한 눈으로 저를 보고 있어요.

하지만 의뢰는 필요했다. 진실도 중요하겠지만, 인생에서 만나는 수많은 수수께끼에 가끔은 답을 만들어줘야 하기 때문이다. 그렇게 약간의 마무리를 짓고 다음 단계로 넘어가야 하니까.

불가능한
범죄에의 도전

『자물쇠가 잠긴 방』
기시 유스케

전통적인 추리소설의 매력 중 하나는 밀실 살인이다. 문과 창문 등 출입할 통로가 완벽하게 잠겨 있고 방 안에는 오로지 피해자 한 사람만이 죽어 있다. 때로는 다수의 피해자가 있을 수도 있지만 어쨌거나 분명한 것은 누구도 살인을 저지른 후 빠져나갈 수 없는 상황이라는 것. 작가는 밀실 살인을 만들어놓고 독자에게 도전장을 던진다. 전체적인 상황을 설명하고, 사건을 풀 수 있는 단서들을 하나씩 던지면서 독자와 두뇌 싸움을 벌인다. 완벽한 알리바이를 깨는 것과 함께 밀실 살인은 그야말로 본격 미스터리의 영원한 테마라고 할 수 있다. 『검은 집』의 기시 유스케 역시 그런 '본격 추리'에 매력을 느꼈다.

본격 미스터리를 쓰고 싶었다. 본격 미스터리는 수수께끼를 중심으로 한 이야기로, 불가능 범죄가 대상이어야만 한다. 그리고 불가능 범죄를 밀실을 통해 구현한다면 아무리 복잡한 트릭이라도 밀실의 침입, 탈출 여부에 초점이 모이게 된다. 단순한 형태로 독자에게 수수께끼를 제시할 수 있으니 가장 좋지 않은가!

『자물쇠가 잠긴 방』에 실린 네 편의 연작 단편은 모두 밀실 살인 이야기다. 주인공은 변호사인 아오토 준코와 방범 컨설턴트인 에노모토 케이.『유리 망치』에서 고층 빌딩의 밀실 살인을 풀어낸 콤비는 『도깨비불의 집』에 이어『자물쇠가 잠긴 방』에서도 범인이 만들어놓은 밀실의 비밀들을 깨끗하게 풀어낸다.

기시 유스케는 사이코패스의 마음을 파고든『검은 집』과『악의 교전』, 가상세계의 계급 갈등을 그린 SF『신세계에서』, 기생충의 공포를 그린『천사의 속삭임』, 다중 인격을 그린『13번째 인격』등 작품마다 새로운 도전을 감행한 작가다. 그중 시리즈를 이어가는 것은 에노모토와 아오토 콤비가 유일하다.

에노모토는 방범 컨설턴트다. 실제로 그런 직업이 있던가? 방범상점인 시큐리티 숍을 운영하는 에노모토가 주로 하는 일은 집이나 회사의 방범, 그러니까 누군가 침입할 수 없도록 대비책을 마련하는 것이다. 그런데 소설에 등장하는 에노모토를 보고 있으면 과연 주 업무가 그것일까 의심이 간다. 경찰의 의뢰를 받거나 억울함을 호소하는 피해자가 변호사인 아오토에게 자문하면 그녀는 에노모토를 불러 진상을 파헤친다. 그러다 보니 아오토도 '밀실 살인' 전문으로 유명해져 그런 일들이 자꾸만 들어온다. 그때마다 아오토는 에노모토를 부르는데, 이 남자는 뭔가가 수상하다. '혹시 에노모토의 주 업무는 막는 일보다 침입하는 일이 아닐까'란 의심이 드는 것이다. 아니면 적어도 과거에 그랬던지.

『자물쇠가 잠긴 방』의 표제작에는 한때 빈집털이의 달인이며 '섬턴의 마술사'라 불렸던 아이다가 등장한다. 5년 만에 감옥에서 나와 그리운 조카들을 찾아가는데 바로 그날 조카인 히로키가 자살한 현장을 보고 만다. 뭔가 위화감을 느낀 아이다는 한때 알고 지냈던 에노모토를 찾아가 아오토와 함께 현장을 다시 찾는다. 과연 아이다와 에노모토는 어떻게 아는 사이였을까? 단순하게 아는 것이 아니라 한때 동료였던 것이 아닐까? 아오토는 그렇게 의심한다. 물증도, 확증도 없기는 하지만.

에노모토와 아오토 콤비가 나오는 작품은 일본에서 드라마로 만들어지는 등 꽤 인기를 끌었다. 밀실 살인이라는 소재를 천착하는 점도 흥미롭지만 에노모토와 아오토는 꽤 매력적이고 재미있는 콤비다. '버디 무비'라고 하면, 서로 성격이 다른 두 명의 주인공이 어울려 다니며 늘 티격태격하다가 서로를 인정하게 되는 이야기를 말한다. 〈리썰 웨폰〉, 〈맨 인 블랙〉 같은 영화가 대표적이다. 전혀 어울릴 것 같지 않은 두 사람의 주인공. 그들이 주고받는 화학 작용이 '버디 무비'의 가장 중요한 요소인데, 그런 설정은 어떤 장르에서나 통용된다. '스크루볼 코미디'라는 장르는 남자와 여자가 아웅다웅하다가 연애로 골인하는 이야기다. 그게 발전하여 로맨틱 코미디 〈해리가 샐리를 만났을 때〉 같은 영화가 나온다.

에노모토와 아오토도 버디 무비나 스크루볼 코미디의 전형적인 캐릭터다. 아오토는 미인이고 늘씬한 그리고 정의로운 변호사다. 정의감이 때로 지나친 경우도 있다. "준코는 불쌍한 배우들을 진심으로 동정했다. 변호사로서 박해당하는 쪽에 감정 이입하는 버릇이 몸에 배어버렸다." 그건 아오토가 대단히 직선적이고 단순한 성격이기 때문이다. 밀실 살인을 조사하면서 아오토는 간혹 의견을 내놓는다. 그런데 그게 정말, 정말 터무니없는 경우가 많다. 아오토는 논리적이고 이성적인 변호사이지만 상상력을 발휘하여 밀실을 만들어낸 범인의 의중을 파악하는 데에는 영 서툴다.

반면에 에노모토는 어수룩해 보이지만 언제나 냉철하게 상대의 허점을 파고든다. 범인이 밀실을 만들 때의 마음을 상상하고, 그 과정을 통해서 밀실의 수수께끼를 풀어내는 것이다. 그건 마치 『덱스터』의 사이코패스 덱스터가 직감적으로 자신과 닮은 범인의 행동을 유추해내는 것과도 같다. "마치 범인이 다른 해답을 뭉개기 위해 백막을 쳐놓은 것만 같아요. (…) 그러니까 가능성을 제거해서 다른 사람의 생각을 자기가 바라는 방향으로 유도하는 겁니다." 아오토가 의심하는 것처럼 어쩌면 에노모토는 '범죄자'로서의 마음을 잘 알고 있기에 유추가 가능한 것인지도 모른다.

하지만 에노모토가 심각하게 범죄에 발을 디디고 있는 느낌 같은 것은 없다. 오히려 아오토가 에노모토를 의심하는 것은 일종의 유머 코드로 쓰인다. "이렇게 감정이 없는 냉혈 동물 같은 인간까지 짜증 나게 할 정도니까 자신이 때때로 에노모토에게 짜증을 부리는 것도 무리는 아니라고 준코는 묘하게 자기 합리화를 했다." 아오토가 늘 에노모토의 거동을 조금씩 의심하는 것은 에노모토와 아오토 콤비에게 유머러스한 긴장감을 불어넣는다. 때로는 폭소까지 가능한 웃음 코드. 『자물쇠가 잠긴 방』은 에노모토와 아오토 콤비의 매력과 밀실 살인 수수께끼 풀이의 즐거움을 한껏 느낄 수 있는 작품이다.

덤으로 기시 유스케의 『악의 교전』을 읽었다면 표제작인 「자물쇠가 잠긴 방」에서 그 원류를 짐작할 수 있다. 밀실에서 자살한 것으로 보이는 아이다의 조카 히로키는 의붓아버지인 고등학교 화학 교사 타카자와에게 살해된 것으로 추정된다. 히로키의 동생인 미키는 이렇게 말한다.

그 녀석은 파충류, 냉혈 동물이에요. 먹이가 충분해서 기분이 좋을 때는 조용히 지낼지도 모르죠. 하지만 배가 고파지면 태연하게 곁에 있는 인간을 잡아먹어 버릴걸요.

이 진술은 『악의 교전』에서 대부분의 교사와 학생들은 사이코패스인 하스미를 다정하고 능숙한 열혈 교사로 보지만, 오직 한 명 그에게 위화감을 느끼는 가타기리란 여학생의 생각을 떠올리게 한다. 미키는 직감적으로 타카자와의 기묘한 부분을 알아차린다. 『자물쇠가 잠긴 방』에서 타카자와의 행동과 말을 보고 있으면, 하스미란 인물이 어디에서 출발했는지가 보인다. 한 작가의 작품을 하나씩 읽어가며 이런 부분을 찾아내는 것도 묘한 재미다.

미국 본토를 위협하는
테러의 그림자

『전몰자의 날』
빈스 플린

'하이테크 스릴러'는 톰 클랜시의 소설을 설명할 때 주로 쓰던 말이다. CIA 전력분석관 잭 라이언이 등장한 〈붉은 10월〉, 〈패트리어트 게임〉, 〈긴급 명령〉, 〈썸 오브 올 피어스〉의 원작을 쓴 톰 클랜시는 첨단 무기와 시스템을 이용한 현대전 그리고 테러와의 전쟁을 흥미진진하게 그려냈다. 『추운 나라에서 돌아온 스파이』, 『팅커, 테일러, 솔저, 스파이』의 존 르 카레와 『자칼의 날』, 『어벤저』의 프레데릭 포사이드가 현대 첩보전의 핵심을 꿰뚫어보면서 비정함과 추잡함을 그려냈다면 톰 클랜시의 하이테크 스릴러는 냉전 이후 미국 중심의 세계에서 벌어지는 스펙터클한 첩보전을 그려냈다. 그러니 주인공인 잭 라이언이 이후 CIA 국장을 거쳐 대통령까지 오르는 것도 당연하고.

21세기 들어 톰 클랜시가 소설보다는 게임 등 다른 분야에 눈을 돌리면서 '하이테크 스릴러'의 거장 자리를 이은 작가가 '미치 랩 시리즈'의 빈스 플린이다. 자비로 2003년 출간한 『임기종료』가 베스트셀러에 오르면서 힘차게 출발한 빈스 플린은 CIA 요원 미치 랩을 주인공으로 한 『권력의 이동』, 『제3의 선택』, 『권력의 분립』 등을 발표하면서 최고의 스릴러 작가로 부상한다. 11편까지 나온 '미치 랩 시리즈'는 잭 바우어를 주인공으로 한 미국 드라마 〈24〉에 큰 영향을 준 것으로 생각된다. 〈24〉는 하루 동안에 벌어지는 긴박한 상황을 실시간으로 따라가는 스릴러인데 '미치 랩 시리즈'의 첫 작품 『권력의 이동』 역시 백악관에 테러리스트들이 진입하여 벌어지는 긴박한 상황을 한 권의 책으로 담아냈다.

미국 정보기관과 군부의 시스템을 정확하게 이해하고, 첨단 무기와 전략에도 해박한 빈스 플린은 미국인이 가장 좋아하는 스릴러 작가다. '미치 랩 시리즈'의 다섯 번째 작품 『전몰자의 날』은 미국의 심장인 워싱턴 D.C.에 핵폭탄을 터트리려는 아랍 테러리스트들의 음모를 분쇄하는 미치 랩의 활약을 그리고 있다.

2001년 9월 11일 이전까지 미국 본토를 공격받아 본 적이 없던 미국인에게 본토에 대한 테러 공격은 대단히 위협적인 공포였다. 과거 진주만 공격이 있은 후 미국에서는 일본 잠수함이 미국 본토를 공격할 것이라는 루머가 돌기도 했다. 그 공포를 유머러스하게 그려낸 영화가 스티븐 스필버그의 코미디 영화 〈1941〉이었다. 일본이나 소련을 비롯한 외부의 공격은 항상 루머에 그쳤을 뿐이고, 사실 미국 본토에서 일어나는 테러는 언제나 극우주의자들에 의해 저질러지곤 했다. 적어도 미국 본토는 외부의 적에게는 '안전지대'였던 것이다. 하지만 9.11사건이 터지면서 미국인은 '안전'에 대한 확신을 버렸고 외부의 적에 대한 사전 공격 그리고 초월적인 감시와 정보활동까지 인정하게 되었다. 또 책과 영화 등에서 미국 본토에 대한 테러를 다양하게 묘사하게 되었다. 2002년에 만들어진 영화 〈썸 오브 올 피어스〉에서도 미국 도시에 대한 핵 공격을 그리고 있다. 미국에서 2004년 출간된 『전몰자의 날』 역시 알 카에다의 핵무기 테러에 대한 미국의 대응을 그린다. 9.11 이후 애국주의가 한창이던 때에 나온 『전몰자의 날』이기에 빈스 플린의 입장은 꽤 강경하다.

조국 미국의 사람들이 각자의 삶을 꾸려가는 동안 이들 특수 부대 요원들은 지구의 반대편에서 그들의 원한을 갚고 있었다. 그들을 그저 범죄에 대한 보복을 가하는 사람으로 여기는 것은 그들의 소양과 훈련 수준에 대한 모욕이었다. 하지만 그들 자신도 보복이라는 임무를 행하고 있다는 것을 인정했다.

같은 CIA 요원이지만 전력분석관이었던 잭 라이언과 미치 랩은 다른 유형이다. 잭 라이언은 '분석'이 가장 중요한 임무였다. 〈붉은 10월〉에서 소련 잠수함이 미국 영해로 다가올 때, 라이언에게 주어진 임무는 '분석'이었다. 소련 해군의 현재 상황이 어떻고, 잠수함 함장은 어떤 인물이고, 소련의 대응 상태나 통신의 정황이 어떤지 등등을 종합적으로 판단하여 올바른 결정을 내려야만 한다. 직접적인 작전에 뛰어들어 총을 쏘는 경우도 당연히 있었지만, 궁극적으로 잭 라이언은 문관에 가까운 캐릭터였다. 하지만 미치 랩은 다르다. 그가 CIA에 들어간 이유는 대학 시절 비행기에 탔던 여자친구가 테러에 희생됐기 때문이다. 그는 적에게 자비를 베풀기보다, 우리 편에 속한 사람들의 안전을 위하여 무엇이든 할 수 있는 사람이다.

그는 현대판 암살자였다. 그것도 암살자라는 투박한 단어가 공개적으로 쓰이기에는 극도로 문명화된 나라에서 살고 있는 암살자였다. 그의 조국은 스스로를 세련미가 덜한 여타 나라들과 다른 존재로 차별화시키는 것을 몹시 좋아했다. 개인의 권리와 자유를 찬양하는 민주주의 국가, 다른 나라 국민의 은밀한 살해라는 구체적인 목적을 위해 공개적으로 자국의 국민 중 하나를 찾아서 훈련시키고 이용하는 일을 절대 용인하지 못하는 국가로 말이다. 하지만 랩이 바로 그런 사람이었다. 그는 워싱턴 권력의 심장을 차지하고 있는 양식 있는 사람들의 감수성을 상하게 하지 않기 위해 편의대로 '요원'이라 불리는 현대판 암살자였다.

『전몰자의 날』에서 미치 랩은 알 카에다의 음모를 알게 된다. 특수

부대와 함께 파키스탄 국경의 마을을 급습한 미치 랩은 정보를 캐내기 위하여 전혀 망설이지 않는다. 핵폭탄이 미국으로 이미 향했다는 것을 알게 되고, 어떻게든 막아내려고 사력을 다한다. 하지만 적은 내부에도 있다. 데뷔작인 『임기종료』에서 빈스 플린은 '추악한 정치인'들을 암살하는 도발적인 이야기를 전개했다. 그때나 지금이나, 빈스 플린은 자신들만의 이익을 위해 움직이는 정치인들을 증오한다.

랩은 모든 결정에서 정치가 큰 영향을 준다는 사실을 개의치 않았다. 워싱턴과 같은 도시나 백악관과 같은 곳에서 정치가 그처럼 중요한 역할을 하는 것은 랩에게도 놀라운 일은 아니었다. 다만 그것이 대단히 짜증스럽고 해로운 방식을 택한다는 것이 문제였다. 워싱턴에서는 거의 모든 회의에 난해하고, 그릇되고, 극단적인 정치적 정의가 만연하고, 정말로 중요한 사안은 무시되고 다른 사람에게 미뤄져 나중에 적당히 처리되면서 대수롭지 않은 일들이 논의, 분석되는 환경을 만나게 된다. 행동파인 사람이 편안하게 있을 수 있는 유형의 장소가 아니라는 말이다.

미국 내에 들어온 테러리스트를 찾아야 하는 절체절명의 순간에 일부 정치인들은 자신들의 이익을 위해 미치 랩의 임무를 방해한다. 합법적으로, 대통령의 명령을 통해서. 『전몰자의 날』은 결코 미치 랩의 일방적인 계획대로 흘러가지 않는다. 그가 전장에 있을 때, 혹은 용의자를 심문할 때는 모든 것이 랩의 의도대로 움직이지만 오히려 미국 내에서는 그럴 수가 없다. 모든 것은 정치의 영역이고 대부분 정치인은 썩었다. 그래서 랩은 자신의 방식을 고수한다.

랩은 정부라는 거대한 관료 제도의 한계 안에서는 힘을 제대로 발휘할 수 없었다. 관료사회는 너무나 천천히 움직였고 또 너무나 많은 규칙을 가지고 있었다. 그의 경우에는 능력과 은밀함과 또 필요하다면 잔인함까지 조합해서 자신의 기술을 자율적으로 적용하도록 놓아두는 것이 최선이었다.

미치 랩은 대단히 폭력적이고, 위험한 인물이다. 그 계보를 영화에서 찾는다면 〈더티 해리〉와 〈람보〉에 가깝다. 대단히 우파적인, 오로지 힘과 복수의 논리를 고수하는. 미국의 입장에서 전개되는 『전몰자의 날』이 한편으로 불편하기도 한 이유는 그것이다. 하지만 미치 랩의 입장도 이해는 간다. 테러에 사랑하는 사람을 잃었고, 어쨌건 다시 수많은 사람을 잃어버릴 수 있는 상황이니까. 단순한 복수의 논리에 빠져 있기는 하지만 미치 랩은 대단히 매력적이고 흥미로운 주인공이다. 행동으로 모든 것을 입증하고 위선자들과 싸워나가는 인물은 늘 매혹적이다. 빈스 플린의 작품에는 존 르 카레나 프레데릭 포사이드의 첩보소설에서 보이는 사려 깊은 통찰은 없다. 대신 빈스 플린의 소설에는 처음부터 끝까지 몰아치는 액션과 서스펜스 그리

고 한없이 매력적인 미치 랩을 포함한 개성적인 캐릭터들이 줄줄이
포진해 있다. 그러니까 '미치 랩 시리즈'는 너무나 스릴 넘치는 오락
소설인 셈이다. 그 사실만 인지한다면, 『전몰자의 날』을 비롯한 '미
치 랩 시리즈'를 거부할 스릴러 독자는 없을 것이다.

현실을 직시하고
정면으로 맞서라

『제한 보상』
새러 패러츠키

P.D. 제임스의 소설 『여탐정은 환영받지 못한다』란 제목이 보여주듯, 탐정의 세계에서 여성이란 존재는 희미하다. 탐정이 형사와 다른 점은 조직의 일원이 아니라는 것이다. 핑커튼 탐정 사무소처럼 대형 회사에 속해 있다면 지원을 받을 수도 있겠지만 대부분 탐정은 한 명 혹은 파트너 정도로 구성되어 있다. 단지 숫자의 문제만은 아니다. 경찰 조직은 범죄자가 쉽게 무시할 수 없다. 경찰 일부를 매수하거나 물리력으로 경찰 개인을 무력화시킬 수는 있지만 그 이상은 불가능하다. 경찰 조직에 속한 이들은 자신들의 힘이 무엇인지 잘 알고 있다. 경찰 신분증은 단순한 신원 확인을 넘어 그들의 '힘'을 증명하고 발현하는 도구다. 탐정에게는 그런 파워가 없다. 오로지 개인이 가진

힘뿐이다.

여성 탐정을 상상해보자. 경찰이 아니기 때문에 사람들이 그가 묻는 말에 답할 의무는 없다. 심증이 있다 해도 용의자나 참고자로 강제 소환할 수도 없다. 물리력으로 굴복시키지 않는 이상은. 그러니 탐정이라면 자신만의 장점과 무기가 있어야 한다. 뛰어난 증거 수집력과 두뇌, 웬만한 상대와는 싸워 이길 수 있는 물리력도 갖춰야 한다. 새러 패러츠키가 쓴 『제한 보상』의 주인공 V.I. 워쇼스키 역시 그렇다. 얼 스마이슨이라는 깡패 두목이 똘마니 둘을 보냈을 때, 워쇼스키는 그들을 꽤 고생시킨다. 갈비뼈도 부러뜨리고 최대한 저항을 한다. 자신이 얼마나 위험한 상황에 처해 있는지를 알게 되었을 때는 총도 구매한다. 경찰도 가끔 범죄자에게 희생되기는 하지만 탐정이 처한 위치와는 전혀 다르다. 탐정은 오로지 자신의 힘만으로 스스로를 보호해야 한다. 스스로 싸워 이기고, 스스로 모든 것을 해결해야만 한다. 아무래도 물리력이 약한 여성이라면 탐정의 세계에서는 약자일 수밖에 없다. 살아남는 것 자체가 그야말로 악전고투다.

바로 그 이유로 여탐정은 매력적이다. 남자들의 세계에서 살아남은 여성. 단지 생존이 아니라 남자들과 어깨를 겨루고 굳건하게 서 있는 여탐정. 그 이미지만으로도 멋지다. 『제한 보상』이 나온 것은 1982년이다. 70년대에 여성운동이 활발하게 벌어졌지만 여전히 여성의 사회적 지위는 열악했다. 워쇼스키는 늘 사회적 편견과 맞서 싸워야만 한다. 워쇼스키 아버지의 친구였던 경찰 아저씨 바비는 이렇게 말한다. "비키야. 탐정 일이란 너 같이 젊은 여자들이 할 일이 아니야. 재미 삼아 게임처럼 하는 일이 아니란 말이다." 새러 패러츠키는 워쇼스키가 철저하게 독립적인 여성이기를 원했다. 그렇게 창조했다. 그녀는 이름을 말할 때 늘 'V. I. 워쇼스키'라고 한다. 빅토리아의 V이지만 언제나 비키라는 애칭 대신 빅이라 부르라고 한다. 이름에서 '여성'으로 인식되는 것을 거부한다. 그리고 지친 몸을 이끌고 집에 돌아와 홀로 쉴 때 행복함을 느낀다. "새벽 1시가 넘어서 아파트에 혼자 돌아왔다. 나는 벗은 옷을 의자에 아무렇게나 걸쳐두고 침대로 쓰러질 수 있다는 것이 너무 좋았다." 워쇼스키는 이혼을 했고 자유롭게 살고 있다. 딱히 자유를 갈구하거나 분방해서 그런 것은 아니다. 단지 워쇼스키는 자신의 독립적인 삶, 생활을 원한다.

결혼이 깨진 건 내가 너무 독립심이 강했기 때문이에요. 게다가 난 집안일에 취미가 없어요. (…) 하지만 진짜 문제는 저의 독립적인 마인드였죠. (…) 친한 친구들은 여러 명 돼요. 그들이 내 영역을 침범한다고 생각하지 않아요. 하지만 남자들을 상대할 때는 본연의 나를 지키기 위해 싸우고 있다는 느낌이 들 때가 많아요.

그래서 워쇼스키는 탐정이라는 자신의 위치에 자부심을 느낀다. "나에게 명령을 내릴 수 있는 건 나 자신뿐이에요. 경관, 간부, 경찰청장의 위계에 따라 명령을 받고 있지 않다고요." 누구의 명령도 받지 않고, 자신이 원하는 진실을 찾아 움직인다. 『제한 보상』의 사건은 단순해보였다. 한 중년 남자가 찾아와 아들의 사라진 애인을 찾아 달라고 한다. 대학생인 아들의 아파트를 찾아가 보니 그는 이미 죽어 있고 여자는 보이지도 않는다. 의뢰인을 찾아보니 전혀 엉뚱한 사람이었다. 하드보일드 소설의 전형적인 설정이다. 사소한 사건 같았지만 알고 보니 사회의 복잡다단한 음모와 죄악이 얼키설키 엮여 있다. 노동조합의 추악한 이면, 거대한 보험 사기, 몰락한 영웅과 무너진 이상 그리고 희망. 그러나 워쇼스키는 결코 절망하거나 외면하지 않는다. 그녀는 현실을 직시하고 정면으로 사건의 중심으로 들어간다.

노스 쇼어에 사는 당신들 같은 사람들은 비현실적인 세상에 살고 있어요. 당신들 삶에서 벌어지는 온갖 추악한 일들을 돈으로 은폐할 수 있다고 착각하죠. 청소부를 고용해 쓰레기를 치우거나 루시 같은 가정부를 고용해 쓰레기를 쓸어 담아 밖에 가져다놓는 것처럼 말이죠. 그러나 현실은 달라요. (…) 돈을 아무리 들여도 그는 자신이 연루된 지저분한 일을 자신과 아들로부터 치우지 못했어요. 그들이 죽은 이유가 무엇이든지 그것은 더는 당신들만의 일이 아니에요. 당신들의 전유물이 아니라고요. 원하는 사람은 누구든 조사할 수 있어요.

워쇼스키는 천재적인 머리로 사건을 풀어내는 탐정은 아니다. 발로 뛰며 때로는 몸으로 부딪쳐 단서를 얻어내는 하드보일드의 전형적인 주인공들과 전혀 다르지 않다. 워쇼스키는 단서를 찾기 위해, 시카고 시내의 술집들을 모두 뒤져보기로 한다. 그야말로 단순한 수사 방법이다. "이렇게 하는 것보다 더 좋은 방법이 분명 있을 것이다. 하지만 이것 말고는 더는 떠오르지 않았다. 나는 지금 내가 선택한 방법으로 실마리를 찾아내야 한다. 방 안에 앉아 논리적으로 완벽한 답을 생각해내는 피터 윔지 경이 있는 것도 아니니까." 워쇼스키는 눈앞에 닥친 일들을 한다. 떠오른 아이디어를 증명하기 위해, 몸을 움직인다. 그것만이 세상에 맞서 싸우는 방법이다. 아무리 지옥 같은 현실일지라도.

생각만 해도 역겹다는 거 알아요. 당신이 지옥보다 더한 고통을 견뎌왔다는 것도 잘 알아요. 그리고 앞으로의 상황도 그리 좋아보이지 않고요. 하지만 일을 빨리 처리하면 할수록 더 빨리 넘길 수 있을 거예요. 끌면 끌수록 더 힘들 뿐이에요. 앞으로 어떻게 될지 걱정만 하다가는 헤어나기 힘든 수렁 속으로 빠져들 거예요.

『제한 보상』으로 시작한 'V.I. 워쇼스키 시리즈'는 지금까지 열다섯 편이 나왔다. 국내에는 『블랙리스트』가 나온 적이 있다. 이 시리즈의 가장 큰 매력은 무엇보다 주인공 워쇼스키다. 독립적인 여성. 남자들의 세계에서, 그들과 어깨를 겨루며 자신의 영토를 지킨 여성.

워쇼스키는 결코 남자들에게 친절하지 않다. 그들이 뭐라고 훈수를 두거나 충고를 하려 들면 바로 반격을 하거나 무시한다. 「휴스턴 크로니클」의 "V.I.의 완고함, 신랄한 말투, 지기 싫어하는 성격 때문에 그녀를 편안한 데이트 상대로 꼽을 수는 없지만 미스터리 소설로서는 곁에 두고 싶은 1순위 캐릭터"라는 말이 딱 맞다. 빈민가에서 병원을 운영하는 워쇼스키의 절친한 친구인 여성 의사 로티도 그녀 못지않게 강인하고 매력적이다. 새러 패러츠키는 이 시리즈를 통해 워쇼스키와 로티 등 바람직한 여성 캐릭터를 잔뜩 창조해냈다. 21세기에도 여전히 유효하고, 멋진 여성들을 만나는 즐거움이 각별한 작품이다.

엘러리 퀸을 닮은
소년 탐정

『킹을 찾아라』
노리즈키 린타로

살인자를 찾을 때 대부분의 경우는 피해자에서 출발한다. 그가 어떤 직업을 가졌고, 주변 사람들이 누구고, 돈이나 치정에 얽힌 원한관계가 어떻고 등등. 피해자에 대해 정확하게 알아낼수록 그가 왜 살해당했는지 파악하기가 용이해진다. 그러나 사이코패스 연쇄 살인의 희생자가 된 경우는 다르다. 프로파일링이라고 하는 기법은 살인자가 왜, 어떤 이유와 목적으로 희생자를 찾아내는지를 추정하는 것이다. 사이코패스는 자신의 이유와 목적에 따라 희생자를 골라낸다. 전혀 관계가 없는 사이라 해도 어떤 옷을 입었고 어떤 용모라는 이유만으로 희생자가 될 수도 있다. 그래서 희생자와 사적인 관계가 없는 사이코패스에 의한 사건이라면 용의자를 찾아내기는 꽤 힘들다.

누군가를 죽이고 싶은데, 그가 죽으면 내가 용의자로 제일 먼저 떠오른다면 뭔가 방법을 생각해내야만 한다. 사망 시각에 확실한 알리바이를 만들어둔다면 벗어날 수 있다. 아무리 동기가 있어도 초능력이 없는 한 같은 시간에 두 장소에 나타날 수는 없으니까. 그래서 추리소설에서는 알리바이 조작이 흔히 등장한다. 겉으로 보기에는 도저히 불가능하지만 교묘한 수단과 방법으로 범행을 저지르고 탐정이나 형사가 그 트릭을 깨트리는 것.

청부 살인도 있다. 자신은 알리바이를 만들어두고 누군가에게 살인을 의뢰하는 것이다. 하지만 동기가 있기에 용의자로 떠오른다면 휴대전화 이용 내역과 계좌 정보 등을 털리는 건 당연한 일이다. 뭉텅이로 돈이 인출되었거나, 누군가와 정기적으로 연락을 주고받았다면 걸릴 수밖에 없다. 돈은 현금으로 은밀하게 전달하고, 절대 휴대전화를 사용하지 않아야 한다. 대포폰을 사용하든가. 요즘은 CCTV가 곳곳에 많으므로 만날 때도 조심해야 한다. 게다가 청부 살인은 배신의 경우도 염두에 둬야 한다. 살인자가 심경의 변화를 일으켜 자수할 수도 있고, 역으로 협박을 가할 수도 있다. 청부 살인은 일반인이 쉽게 선택하는 방법이 아니다.

그렇다면 교환 살인이 있다. 청부의 일종이긴 하지만 교환 살인은 서로의 타겟을 죽이는 것으로 안전장치를 마련한다. 여기에도 역시 철저한 조건이 필요하다. 서로 아는 사이거나 연락을 주고받았다면 당연히 수사 대상으로 떠오를 것이다. 그게 아니라면 어떻게 파트너를 선택할 것인가. 내가 대상을 이미 살해했는데 그는 움직이지 않는다면 어떻게 할 것인가. 교환 살인도 현실에서는 쉽게 벌어지지 않는다. 현실의 범죄에서는 수많은 변수가 존재하기 때문에 완벽한 범죄라는 것은 여간해서 존재하지 않는다. 대단히 우연적이고, 전혀 무연고인 상황에서 벌어지는 범죄가 아니라 내가 죽이고 싶은 대상을 철저하게 계획적으로 죽이는 범죄는 결코 쉽지 않다.

노리즈키 린타로의 『킹을 잡아라』는 교환 살인에 도전한다. '도전'이라는 말을 쓴 것은 『킹을 찾아라』가 철저하게 독자와의 머리싸움을 전개하기 때문이다. 단서를 제공하고 이후 벌어지는 전개에서도 하나둘 단서와 상황 전개를 제시하면서 독자가 소설 속의 범죄에 일종의 '게이머'로서 참여하게 한다. 독자는 작가의 트릭을 찾아내기 위하여 고군분투하고, 작가는 그것을 예상하며 또 다른 반전을 제시하고 대체로 승리한다.

노리즈키 린타로는 『십각관의 비밀』, 『어나더』의 아야쓰지 유키토, 『살육에 이르는 병』, 『탐정 영화』의 아비코 다케마루 등과 함께 신본격파의 본산 교토대학교 추리소설 연구회 출신이다. 『점성술 살인사건』을 쓴 시마다 소지의 추천으로 데뷔한 후 밀실 구성의 필연성이나 추리소설의 존재 의의 등 추리소설의 '근원'을 파고드는 평론활동을 병행하면서 원론적이면서도 엔터테인먼트적인 흥미를 잃지 않는 작품들을 발표했다. 엘러리 퀸에게 매료된 노리즈키 린타로는 자신의 소설에서 작가의 이름과 탐정의 이름을 동일하게 설정하고, 탐정의 부친을 경찰로 설정하는 등 엘러리 퀸의 형식을 따라 하고 있다. 탐정이 엄청난 천재이거나 예리한 직감에 의존하지 않고, 철저히 논리적인 소거법에 의하여 사건을 해결하는 것도 엘러리 퀸과 닮았다.

가네곤, 유메노시마, 리사, 이쿠루는 교환 살인을 시도한다. 이전의 어떤 연결 고리도 없이 우연한 장소에서 만난 그들은 낯선 사람이기에 속마음을 털어놓다가 의견 일치를 본다. "누구에게나 거슬리는 인간 한둘은 있는 모양이야." 휴대전화로 연락하지 않고, 절대로 추적될 수 없는 방법으로만 만나 정보를 주고받은 그들은 서로의 타겟을 죽이기 위해 카드의 킹, 퀸, 잭, 에이스로 제비뽑기를 한다. 순서 역시 카드로 정한 후, 그들은 각자 카드 두 장을 가지고 돌아간다. 마음을 다지고, 약속을 잊지 않기 위하여.

수전노 노인이 살해당하고, 우울증을 앓던 주부가 살해당한다. 유력한 용의자들이 있었지만 알리바이가 확실하기에 모두 지워진다. 주부 살해사건을 수사하던 노리즈키 경시는 집에 돌아와 아들인 '노리즈키 린타로'에게 고충을 털어놓는다. 유력한 용의자를 추적하던 중 난데없이 그가 변호사를 대동하고 나타나 허탈감에 빠진 일까지. 노리즈키 린타로는 자신의 의견을 내놓고 궁금한 것을 캐물으며 사건을 재구성한다. 그리고 아마도 남편이 죽인 것이 아닐까, 라는 의견을 내놓는다. 알리바이는 확실하지만 여러 가지 정황을 보았을 때는 남편이 누군가를 시켜 죽였을 가능성이 크다면서.

노리즈키 린타로는 직관력이 엄청난 탐정은 아니다. 안락의자 탐정에 가깝다. 직접 사건을 수사하는 것이 아니라 아버지의 이야기를 듣고 질문을 던지고 추리하는 것일 뿐이니까. 사건 해결이 지지부진하거나 잘못된 방향으로 가도 린타로가 책임질 일은 없다. 그저 이렇게 생각하면 되니까. "잘못된 결론에 다다른 것은 아버지의 설명이 부족했기 때문이다." 반면 아버지는 이렇게 생각한다. "린타로가 헛다리를 짚는 건 늘 있는 일이다." 티격태격하는 것 같으면서도 유쾌하게 사건에 대한 단서와 의견을 주고받는 부자의 모습은 정겹다.

노리즈키 린타로는 『킹을 찾아라』에 대해 "경찰소설이나 프로파일링 소설과 비슷하면서도 다른 방식의 쿨하고 스타일리시한 본격 미스터리를 목표로 했습니다"라고 말한다. 쿨하다기보다는 유머러스한 면이 더 많긴 하지만 충분히 동의할 수 있다. 이전에 "사건과 해결만으로는 장편을 쓸 수 없다. 소설을 이끌어가는 서스펜스와 수수께끼를 풀어가는 재미라는 또 하나의 원동력이 필요하다는 것을 절실히 느꼈다"고 했던 노리즈키 린타로의 말처럼 『킹을 찾아라』는 처음에 범인과 어느 정도의 단서를 보여주면서 독자가 게임에 뛰어들게 하고, 안락의자 탐정이 앉아서 사건에 대한 추리를 시도하는 동안에도 마지막 순간까지 팽팽한 긴장감을 유지한다. 고전 추리의 탁월한 현대적 변용. 역시 전문가다운 능숙한 소설이다.

정의를 지키며
세상과 거리를 두는 법

『푸른 작별』
존 D. 맥도널드

트래비스 맥기. 마이애미의 보트 선착장에 정박한 요트 '버스티드플러시'에 살고 있는 남자. 정식 탐정은 아니고 누군가 잃어버린 물건을 되찾아주고는 이익의 절반을 가진다. 돈이 들어오면 유유자적 살아가다가 빈궁해질 즈음이 되면 다시 일을 찾아 나선다. 그야말로 환상적인 삶인 것 같지만 늘 생각처럼 인생이 살아지는 건 아니다. 문득 찾아온 아름다운 여인의 말에 귀 기울이다가 덜컥 일을 맡기도 하고, 싫어하는 것 중 하나인 '감정'에 휘말리기도 한다.

'버스티드플러시'는 포커를 좀 쳐본 사람이라면 알 것이다. 똑같은 문양 다섯 개가 들어오면 플러시가 된다. 풀하우스보다는 하나 밑이지만, 비교적 높은 패이기에 판을 흔들 정도는 된다. 버스티드플러시는 플러시에 하나가 모자란 상태이지만 상대는 나의 히든카드를 보지 못하기 때문에 알 수가 없다. 이때 필요한 것은 심리전과 기싸움이다. 블러핑을 하는 것인지 아닌지 치밀하게 상대의 마음을 조종하여 오판을 내리도록 해야 한다. 동시에 상대의 패도 꿰뚫어봐야 하고. '버스티드플러시'는 맥기가 포커판에서 돈을 따 요트를 장만하게 된 상황을 묘사하는 단어이기도 하고, 맥기의 이런저런 상황을 의미하는 것이기도 하다.

난 버스티드플러시야말로 근본적으로 반체제적인 인간이 삶을 꾸려나가기 위한 최적의 요새임을 깨달은 바 있다. 더러운 풍문이며 질문에 시달릴 가능성도 적고, 다음 만조가 오면 언제든 유유히 떠날 수 있다.

트래비스 맥기는 아웃사이더다. 하지만 누릴 건 대체로 다 누리고 있다. 나름의 방식대로 돈도 풍족하게 벌고 수많은 여인이 언제나 주위에 있으며, 자유로운 나날을 보내고 있다. 맥기가 처음 등장한 것은 1964년. 제임스 본드의 첫 영화인 〈007 살인번호 – 닥터 노〉가 상영된 해가 1962년이니, 맥기의 캐릭터가 어디에서 흘러든 것인지 짐작할 수 있다. 다만 정부의 비밀 요원인 제임스 본드와 달리 트래비스 맥기는 반영웅이다. 그는 체제를 불신하고 오로지 자신의 인생만을 응시한다. 하드보일드의 전형적인 주인공들과 비슷한 생활 양식을 가지고 있지만, 맥기의 무대는 우울한 회색의 도시가 아니라 한없이 쨍한 하늘과 바다가 펼쳐진 마이애미다. 여자에게 한없이 부드러운 신사. 그러나 결코 여성의 응석을 받아주지는 않는 차가운 야수.

적당히 볕에 탄 미국인의 전형. 골격이 드러나는 널찍하고 신뢰 가는 얼굴. (…) 물론 폭력적인 방향으로 자극받으면, 지옥 중에서도 으슥한 한 귀퉁이에서 올라온 무언가 같다는 이야기를 곧잘 듣는다.

트래비스 맥기를 창조한 존 D. 맥도널드는 하버드 대학에서 경영학 석사를 마치고 2차 대전에 참전한다. 종전 직전 쓴 소설이 잡지에 실리면서 작가생활을 시작한 맥도널드는 1964년『푸른 작별』에서 트래비스 맥기를 선보였고 1985년 스물한 번째 작품인『외로운 은빛 비The Lonely Silver Rain』로 끝을 맺었다. 예정된 마지막 편이 아니라 맥도널드의 죽음으로 더는 맥기를 만날 수 없게 되었다. 맥도널드의 대표작은 '트래비스 맥기 시리즈'와 〈케이프 피어〉라는 제목의 영화로 만들어진『사형 집행인들The Executioners』이다. 그레고리 펙과 로버트 미첨이 주연을 맡고 J. 리 톰슨이 연출한 1962년 작과 로버트 드 니로와 닉 놀티가 나오고 마틴 스콜세지가 연출한 1991년 작이 있는데 반드시 봐야 할 작품은 전자다.

『푸른 작별』은 맥도널드의 개인적 배경이 진하게 깔린 작품이다. 2차 대전 당시 전장에서 불법적으로 검은돈을 모은 군인들이 등장하고, 그 돈을 폭력적인 방법으로 갈취한 남자가 나온다. 그 남자, 주니어 앨런은 그야말로 야수 같은 남자다. 긍정적인 의미가 아니라 부정적인 의미로. 앨런은 여자들을 지옥으로 밀어 넣는다. 딱히 이유가 있는 것이 아니다. 그는 단지 자신의 희생물이 무너지고 파멸하는 광경을 즐길 뿐이다. 여성을 유혹하고, 그녀들을 나락으로 밀어 넣고 떠나버린다. 가학적인 즐거움에 앨런은 도취해 있다.

주니어 앨런은 오히려 진화가 덜 된 부류였다. 놈은 아직 동굴에서 제대로 벗어나지도 못한 채, 타인을 망가뜨릴 뿐이었다. 대다수의 인간을 가운데에 놓고 우리 인류의 분포를 종형 곡선으로 나타내면, 로이스와 앨런은 그 양극단에 각기 위치할 것이다. 인간이 여전히 진화하고 있다는 가정하에, 로이스야말로 우리가 선택해야 할 미래였다. (…) 하지만 현실세계에는 주니어 앨런 같은 종자가 너무도 많이 널려 있다.

맥기는 앨런 같은 이들을 너무나 싫어한다. 하지만 그가 싫어하는 것은 야수만이 아니다. 경영학을 공부하며 자본주의의 실체를 파악하기라도 했던 건지, 맥도널드는 맥기를 통해서 현 체제에 대한 극단적인 불신을 드러낸다.

그들이 배운 대로라면, 명랑하고 성실하게 주변에 잘 적응해서 살면 세상은 그들의 것이 되어야 한다. (…) 그래서 그들 모두는 미숙한 채로, 자신감에 차 미소를 지으며 전문가들의 세상에 들어선다. 그리고 몇 년이 흐른 뒤에야 모든 게 삐거덕거리고 엉망이 되었으며, 지긋지긋해졌다는 사실을 깨닫는다. (…) 아무것도 모르고 첫걸음을 디디는 이들에게 우리는 기회를 주지 않는다. 그저 코앞에 대고 꿈이라는 당근만 흔들어댈 뿐이다. 그러다가 마침내, 미안하지만 넌 아무것도 손에 넣을 수 없다고 뒤늦게 진실을 밝힌다. 근사하게 지어놓은 학교들에서는 살아남는 방법이 아니라 살아남지 못하는 방법을 가르친다. 그들은 결코 그렇게 근사한 곳에서 살지 않을 것이다.

맥기는 그냥 불만에 가득 찬 무뢰한이 아니다. '트래비스 맥기 시리즈'의 매력은 무엇보다 맥기에게 있다. 맥기는 냉소적이면서도 부드럽고, 인생의 고독을 알면서도 사람들을 외면하지 않는다. 제임스 본드처럼 느물거리는 대신 이지적이면서도 강인한 인상으로 사건들을 해결한다. 무엇보다 맥기는 이 세상을 결코 신뢰하지 않는다.

난 감정적 자극을 좀처럼 제어하지 못하는 편이다. 그래서 이를 경계한다. 물론 경계하는 것은 그 외에도 많다. 신용 카드, 소득 공제, 보험, 퇴직 연금, 예금 계좌, 경품 쿠폰, 시계, 신문, 담보 대출, 설교, 기적의 신소재, 탈취제, 체크 리스트, 시급제, 정당, 공공 도서관, 텔

레비전, 여배우, 청년 상공 회의소, 가장행렬, 진보, 천명론.

맥기는 아무것도 믿지 않는다. 믿을 수가 없다. 그런데도 사람들은 근거 없는 믿음에 취해 허청거리며 선을 넘어가버린다. "이 숨 막히는 맹목적인 믿음은 어디서 비롯한 것인가? 비정한 현실을 누구보다도 생생히 경험한 여자가, 이 넓은 세상이 괴물로 가득하다는 사실조차 모르는 듯이 굴다니." 맥기는 한탄하면서도 그들을 돕는다. 기본적으로 '맥기 시리즈'는 선의로 가득 차 있고, 맥기는 투덜거리면서도 나름의 정의를 지키기 위해 개고생을 한다.

존 D. 맥도널드의 '트래비스 맥기 시리즈'는 대중소설이다. 소설 안에 대단한 인생의 잠언이 담겨 있거나 깨달음을 주는 것은 아니다. 이미 고전에 속할 정도로 시간이 오래 흘렀기에 맥기의 말과 행동들이 그리 신선한 것도 아니다. 오히려 지나치게 순진해 보이기도 하고 어리석어 보이기도 한다. 성과 폭력의 적당한 어우러짐도 전형적이다. 그러나 대중소설로서 '맥기 시리즈'의 가치는, 무엇보다 맥기라는 매력적인 캐릭터가 감행하는 갖가지 모험담에 있다. 우리가 왜 계속해서 '007' 시리즈를 보겠는가. 『푸른 작별』을 덮고 나면 맥기의 또 다른 모험이 궁금해진다. 아마도 어딘가에서 보던 것 같은 이야기들이 또 익숙하게 펼쳐지겠지만 바로 그 이유 때문에 우리는 변함없이 소설과 영화를 보는 것이다.

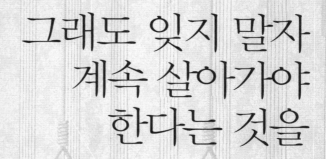

그래도 잊지 말자
계속 살아가야
한다는 것을

{ 현실을 끌어안고 미래로 }

태어났으니까 살아야 한다. '왜'라는 질문을 할 수는 있지만 답을 한다 해
도 그건 그저 추측과 느낌과 논리적 판단에 의거한 하나의 주장일 뿐이
다. 그럼에도 이유는 있을 것이다. 있다고 믿어야만 이 세계가, 하나의 인
생이 존재할 수 있다. 그건 외부에서 부여한 것이 아니라 자신이 살아가
면서 찾아야 할, 마지막까지 정답을 찾을 수 없을지라도 끈질기게 추구해
야만 하는 질문이다. 하나의 사건, 하나의 상황에 쉽게 답을 내리는 것이
아니라 미래를 바라보면서 하나씩 쌓아두는 것. 그렇게 가다보면 언젠가
희미하게 무언가 보일지도 모르겠다. 혹은 보이지 않아도 좋다. 찾아가는
과정 자체가 결국은 답이니까. 그것 자체가 흥미진진한 드라마니까.

지옥 속에서도
알고 싶은 것은 진실

『IN』
기리노 나쓰오

기리노 나쓰오의 『IN』을 처음 접하고 '도시락 공장에서 일하는 네 명의 주부가 토막 살인에 휘말리는 이야기를 그린 『OUT』의 반대편에 있는 작품인가'라고 생각했다. 『OUT』의 주인공인 중년 여성 마사코는 '세계의 모든 것과 싸우고 있는' 인간이었다. 아니, 그 어디에도 끼어들지 못하고 홀로 걸어가는 여인. '현실을 구석구석 핥으며' 살아가야만 하는.

　『IN』의 주인공 스즈키 다마키는 작가다. 그녀가 지금 쓰고 있는 소설의 제목은 '인(洇)'이다. 이전 세대의 거장인 작가 미도리카와 미키오가 쓴 『무구비토』란 소설에 등장하는 'ㅇ코[ㅇ子]'가 누구인지, 다마키가 취재를 하고 자료를 통해 찾아내는 형식의 소설이다. 사소설인『무구비토』는 미키오가 ○코와 불륜을 저지르고, 그 사실을 알게 된 아내와 격정적인 싸움을 벌이는 내용이다. 즉 「인(姪)」은 자신의 직접적인 경험을 허구인 소설로 옮겨낸 작품을 바탕으로, 소설 속의 등장인물이 과연 실제로 누구인지를 찾아가는, 사실과 허구가 뒤섞인 소설인 셈이다. 주제는 말살이고.

주제는 연애에서 일어나는 말살이다. (…) 무시하고, 방치하고, 도 망쳐 자취를 감추는 등등 제 처지만 생각하고 일방적으로 상대와 의 관계를 끊어 상대방 마음을 죽이는 것을 말살로 규정했다.

그런데 다마키가 「인」을 쓰게 된 이유는 단지『무구비토』속의 주 인공이 궁금해서만이 아니다. 다마키는 출판사의 담당 편집자인 아 베 세이지와 연애를 했다. 서로 가정이 있으면서 그들은 사랑에 빠졌 다. 하지만 금기 혹은 세상이 거부하는 선을 넘을 때마다 오히려 흔 들렸다. 아무리 선을 넘어도 세상은 바뀌지 않았고, 그들 역시 변하 지 않았다. 격렬하게 싸우고, 알 수 없는 감정에 휘말리고, 현실이 아 닌 것 같은 기묘한 상황을 만나기도 하면서 그들은 결별했다. 무엇보 다 그들은 크게 상처 입었고 바닥으로 굴러 떨어졌다. 헤어진 지 1년 만에 다마키는 아베를 만나기로 약속한다.

본인을 만나 꼭 확인하고 싶은 것이 있었다. 이 연애의 '끝'을 확인하고 싶다는 욕망. 그리고 또 하나. 그를 직접 만나 묻고 싶은 것도 있었다. 세이지의 '사악함'에 관해서였다.

『IN』은 ○코가 누구인지 찾아내기 위해 다마키가 사람들을 만나는 형식으로 진행된다. 어린 시절부터 미도리카와를 만났고, 그들은 사랑을 했다고 말하는 여인이 있다. ○코라고 지목된 여인의 과거를 아는 사람을 만나 그녀에 대한 이야기를 듣기도 한다. 그리고 미도리카와의 부인을 찾아가 직접 물어보기도 한다. ○코는 누구였냐고. 그러니까 『IN』은 뭔가 끔찍한 범죄가 소재인 소설은 아니다. 하지만 기이한 것은 『OUT』에서 살인을 하고 시체를 토막 내는 그들의 마음과 『IN』에서 '사랑'을 두고 그리워하고 미워하는 그 마음의 거리가 결코 멀지 않다는 사실이다. 아니, 지금 읽고 있는 『IN』의 그들이 가진 마음이 어쩌면 더욱더 섬뜩하고 두려운 생각이 든다. 도대체 우리가 살고 있는 곳은 지옥이 아닌 현세가 맞는 것일까?

아마 부인 심정은 조금도 이해하지 못했을 겁니다. 내가 천국 쪽에 있었는지 어땠는지도 모르겠어요. 지옥이라고 인식하지 못하는 지옥도 있을지 모르니까요. (…) 지금 내 입을 통해 나오는 이 말들이, 이게 진짜가 맞나 싶어 나 스스로 믿어지지 않을 정도랍니다. 도대체 나는 선생님에게 어떤 존재였을까요?

기리노 나쓰오는 지옥을 찾아간다. 아니 그 현실을 찾아간다. 『IN』은 소설을 쓰는 다마키를 통해서 도대체 작가가 쓰는 '소설'이란 무엇인지를 찾아간다. 자신의 모든 것을 망가뜨리면서, 빠져들었던 사랑의 정체를 파헤치면서, 자신이 왜 소설을 쓰고 있는지에 대한 질문을 던지는 것. '소설'이란 도대체 무엇인지 그 미스터리를 찾아간다. 다마키는 세이지의 사악함에 대해 알고 싶은 동시에 『무구비토』를 통해 보이는 미도리카와라는 남자의 추악함을 알고 싶어 한다. 하지만 무엇이 진실인지는, 그녀도 모른다.

미도리카와는 자신의 치부와 욕망을 숨김없이 고스란히 드러내 『무구비토』란 소설에 섬뜩한 존재감을 부여했지만 그게 진실인지 아닌지는 아무도 모른다. 남편의 진실, 아내의 진실, 애인의 진실, 아이들의 진실. 각자가 진실이라고 믿는 것의 집합이 사실이라는 이름의 지나간 시간이다. 미도리카와는 이 소설이 진실이라고 밝힌 적은 한 번도 없다. 죽을 때까지 허구라고 주장했다. 그런데 등장인물들의 소름끼치는 갈등이 저절로 '진실'처럼 보이게 만들어 제멋대로 살아 움직이기 시작했다. 바로 이런 것이 소설의 불공정성이다.

다마키는 세이지의 마음을 알고 싶다. 그런데 그 마음이란 대체 무엇일까? 그녀가 알고 싶은 것은 그 순간 세이지의 의도일까? 아니

면 시간이 흐른 후 세이지가 돌이켜보는 '그 순간'을 듣고 싶은 것일
까? 세이지의 '진실'이란 것은 도대체 무엇일까.

진실은 진실이 아니기 때문입니다. 진실이라고 생각하는 것을 소
설에 쓰는 바로 그 시점에 그건 픽션이 됩니다. 그걸 알고 있는 작
가는 진실이라고 생각하는 것을 매력적으로, 그리고 재미있게 만
듭니다. 그러기 위해서는 진실로 착각할 픽션이 필요한 거죠. 그래
서 작품은 모두 픽션입니다.

그런 점에서 다마키가 돌이켜보는 세이지와의 사랑은, 픽션이다.
다마키와 인터뷰를 했던 한 여인은 밉살스럽게 말한다.

스즈키 씨는 작가의 본성이 뭐라고 생각하세요? 저는 말이죠. 무
서우리만치 차가운 시선이라고 생각합니다. 자기 문제도 남의 일
처럼 보는 거죠. (…) 작가란 인간의 욕망을 깊이 생각하는 사람들
이라서 강이 시작되는 샘물을 찾아내듯 욕망의 근원인 약점을 바
로 간파해내죠. (…) 사실 나는 작가란 마이너스적인 부분을 원동
력으로 삼아 앞으로 나아가는 사람들이라고 생각해요. 스즈키 씨
는 어떠세요? 호호호. 마음속이 시커멓습니까? 그렇다면 소설을
열심히 쓰셔야겠네요.

『OUT』의 마사코는 자신이 누구인지를 받아들이고, 고독하게 자신의 길을 걸어간다. 그것은 곧 작가인 기리노 나쓰오의 길이기도 하다. 너무나도 냉혹하고 거친 길이지만 갈 수밖에 없는 유일한 길. 그런 점에서 모든 소설은 결국 미스터리다. 작가가 보는 진실이 무언인지를 독자가 찾아내야만 하는 미스터리. 작가 자신이 찾아내지 못한 진실이라면 독자 역시 외면할 수밖에 없는 고독한 모험.

그의 죽음이 나를 얼마나 병들게 만들고 무너뜨리는지 끝까지 지켜보고 싶다는 생각도 든다. 그래야만 작가라고 할 수 있다고 스스로를 추스르더라도 숨쉬기조차 버겁게 느껴지는 이 적막감은 언젠가 나를 견디지 못하게 만들 것이다. 하지만 버텨낼 수 없게 된다고 하더라도 가슴 속에 담아두고 홀로 견디는 길 이외에 아무런 방법이 없었다.

받아들여야
평온해진다

『그림자밟기』
미야베 미유키

미야베 미유키가 당분간 현대물을 쓰고 싶지 않다고 말한 적이 있다. 왜인지 알 것도 같았다. 『이름 없는 독』에서 미야베 미유키는, 보통 사람들이 도저히 떠올릴 수 없는 '악의'에 대해 이야기한 적이 있다. 단순한 질투 혹은 시기심 때문에 누군가를 죽음으로 몰아넣고, 한 가족을 완전히 파탄 지경으로 모는 인간. 그의 마음이 무엇인지, 왜 그런 행동을 하는지 도저히 이해할 수 없다. 왜 그렇게까지 된 것일까? 아니 처음부터 그랬던 것일까? 그러면 그건 타고난 것일까, 사회가 만든 것일까? 『이름 없는 독』에서 미야베 미유키는 주인공을 통해서 '모르겠다'라고 말한다. 차라리 원인이 무엇인지 정확히 알 수 있다면, 그냥 원인을 아무것에나 전가할 수 있다면 편해질 텐데.

미야베 미유키가 에도시대를 배경으로 쓴 소설을 보고 있으면, 그 생각이 난다. 에도시대에도 악행은 있고, 끝을 알 수 없을 만큼 깊은 악의도 있다. 하지만 그들은 받아들인다. 세상에는 이해할 수 없는 것들이 있고, 때로 그들을 인간이 아닌 다른 것으로 만드는 무엇인가도 있다. 마음이 지나치면 생령이 생기기도 하고, 인간이 쓰는 도구가 요물로 바뀌기도 한다. 교고쿠 나츠히코의 소설에서 흔히 그러하듯 이해할 수 없는 일들을 초자연적인 사물이나 상황으로 치환해 받아들이기도 한다. 제아무리 기묘하고 몽환적이어도, 그 상황 자체는 조화롭다. 지금 이곳의 누군가에게는 한없이 가혹하고 억울한 상황일지라도 시간과 공간을 뛰어넘은 어딘가에 이유가 있고 결과가 있는 것이다.

『그림자밟기』에는 2003년부터 2010년까지 발표한 단편 여섯 편이 들어 있다. 아이를 학대하는 여인도 있고, 사람의 마음을 어지럽히는 요괴도 나오고, 인간 때문에 사람을 죽이게 된 요물도 나온다. 미야베 미유키는 그 사건들을 현대적인 논리로 재단하지 않는다. 요괴나 빙의 등 과학으로는 설명 불가능한 것들이 끼어들며 각각의 사건들은 제자리를 찾아간다. 또한 범인을 찾거나 수수께끼를 해명하는 것만으로 끝나지도 않는다. 반드시 어떤 방법으로건 결착을 지어야만 한다. 요괴를 멸하거나, 원한을 달래 제자리로 돌려보내야 한다. 현대의 상식으로는 불가능한 해결책을 통해서, 그들은 평온을 찾는다. 인간의 힘으로 도저히 어쩔 수 없는 것들은 그냥 받아들이면서.

스쳐 지나가는 바람이든 진심이든, 마음의 움직임만은 누구도 막을 수 없다. 그런 일이 결코 없으리라고 사이치로 자신도 단언할 수 없게 되었다.

「반바 빙의」에서는 시기와 질투 때문에 누군가를 죽인 여인이 나온다. 그리고 자신이 살해한 여자의 혼에 씌어 그녀의 인생을 살아간다. '반바 빙의'라는 것은, 죽은 사람의 혼을 불러내면 그를 죽인 사람에게 빙의하는 것을 말한다. 하지만 알 수가 없다. 정말로 빙의한 것일까? 아니면 그런 척을 하는 것일까? 현대의 상식으로는 도저히 불가능한 일이지만 그들은 받아들인다. 받아들여야만 평화로워지고 행복할 수 있으니까.

사람의 손에 의해, 어린아이의 피를 빨게 된 것입니다. 그래서 그것은 요물이 되고 말았지만, 평범한 도구에서 요물이 됨으로써 일단은 구원되었지요. 이 세상 것이 아니게 됨으로써 구제된 것입니다.

「토채귀」에서는 고향을 떠나 에도에 정착한 사무라이인 리이치로가 나온다. 그가 섬겼던 번의 영주는 극악한 인물이었다. 마음에 드는 여자가 있으면 가신의 부인이건, 절의 승려이건 상관없이 빼앗았다. 수없이 사람을 죽이거나, 죽게 만들었다. 리이치로의 혼약자도 영주의 눈에 띄고 말았다. 가족을 위하여 자신을 보내달라는 말에 리이치로는 아무것도 할 수 없었다. 그리고 얼마 뒤 그녀는 죽었다. 리이치로는 살아 있으면서도 죽은 사람처럼 살았다. 복수를 생각하기도 했다. 그러던 어느 날이었다. 산을 지나가다가, 눈에 띄지 않는 곳에 만들어진 수십여 개의 석불을 보았다.

남은 사람들이 죽은 사람을 애도하고 그 혼을 위로하기 위해 남몰래 새겨, 이곳에 쌓아놓아 온 석불들이다. 벌받을 것이 두려워 산속 깊이 숨기고. 도망치지 않겠다고 결심한 것은 그때다. 나는 아직 여기에 있다. 이 석불들을 남겨두고 나만 도망칠까 보냐.

도망칠 수가 없다. 도망치지 않고 다른 것을 받아들여 조화를 꾀한다. 귀신도 좋고, 요물도 좋다. 원한을 담아 요괴가 될 수도 있다. 「바쿠치칸」에 나오는 요괴 '바쿠치칸'은 그를 받아들인 이가 모든 도박에서 이길 수 있는 운을 준다. 엄청난 재물을 벌 수 있을 뿐 아니라 재난도 피할 수 있는 운이다. 그런데 대가가 있다. 벌어들인 돈은 어떻게든 탕진해야만 하고, 날로 도박에 찌들어 그의 성정 역시 거칠고 포학해지기 마련이다. 가정이 있다면 풍비박산나기 십상이다. 그래서 '바쿠치칸'을 받아들일 이는 가급적이면 가정이 없는 홀몸의 남자여야 한다. 재물을 얻기 위해 받아들인 바쿠치칸은 결국 주인을 파괴하고 새로운 제물을 찾아간다. 인간이 요물을 퇴치할 수는 있지만 다스리는 것은 결코 쉬운 일이 아니다. 자신의 마음조차 제대로 다스리기 힘든게 인간이니까.

　가엾게도, 마음이 부서지고 만 것입니다.

　『그림자밟기』를 보고나면, 한 가지 생각만이 든다. 결국은 모든 것
이 업(業)이다. 내가 쌓은 업, 혹은 남의 업에 내가 말려들어 벌어지
는 일들. 그 업을 풀어야만 앞으로 나아갈 수 있고, 제대로 인생을 살
아갈 수 있다. 하지만 인간의 마음이란 게 그렇게 간단하지가 않다.
아무리 선해도, 아무리 다정해도 우리들의 마음은 너무나도 연약하
고 쉽게 흔들린다. 그래서 슬프고 또 무섭다. 미야베 미유키의 에도
괴담이 늘 그렇듯이.

종말을 앞두고 드러나는
인간의 본성

『모두의 엔딩』
벤 H. 윈터스

가끔은 설정만으로 호기심을 자극하는 소설, 영화가 있다. SF와 판타지는 장르적 특성 때문에 설정 자체가 대단한 힘을 지니고 있다. 필립 리브의 『견인 도시 연대기』는 현대 문명이 사라진 후 거대한 엔진으로 움직이는 도시들이 만들어지고, 큰 도시가 작은 도시를 잡아먹는 약육강식의 사회가 배경이다. 영화 〈아바타〉에서는 나비족이 사는 행성의 설정부터 일종의 '생태주의'를 암시한다. 미스터리와 스릴러도 설정이 중요하긴 하지만, 지금 이곳에서 벌어지는 사건이라면 '설정'이 절대적 의미를 갖기는 힘들다. 우리에게 익숙한 배경이나 상황에서 사건들을 끄집어내는 게 더욱 현실감을 주는 경우가 많기 때문이다. 반면 특정한 시대나 인물을 이용하여 사건의 의미를 확장하거나 드라마틱하게 만드는 경우도 많다. 스티븐 세일러의 『로마 서브 로사』 같은 역사추리물이라면 그 시대의 생활 관습이나 정치적 상황 등이 대단히 중요한 의미를 가진다.

요즘에는 SF, 판타지 등의 설정으로 만들어진 미스터리와 스릴러 소설도 많다. 요네자와 호노부의 『부러진 용골』은 마법과 불사의 존재가 존재하는 가상의 세계를 배경으로 한다. 랜달 개릿의 '귀족 탐정 다아시 경' 시리즈도 마법이 존재하는 평행세계에서 벌어지는 미스터리다. 가상의 세계에서 벌어지는 살인과 범죄는 우리가 알고 있는 리얼리티와 조금 거리가 있지만 특이한 설정 덕분에 진기하고 이색적인 즐거움을 줄 수 있다. 그리고 사건을 둘러싼 사람들의 마음은 우리와 전혀 다를 게 없으니까. 사고방식이 달라도, 가치 기준이 달라져도 그런 '차이'를 통해 우리 인간의 내면을 다시 한 번 들여다보게 한다.

벤 H. 윈터스의 『모두의 엔딩』은 완전히 다른 세계의 이야기는 아니다. 하지만 이 소설에 나오는 사람들은 지금 우리와는 다른 가치관을 가지고 있다. 소행성 마이아가 지구를 향해서 오고 있다는 발표가 난 후, 충돌이 6개월 앞으로 다가온 시점에서 『모두의 엔딩』은 시작한다. 종말을 다룬 수많은 소설, 영화에서 그 상황을 유추해볼 수 있다. 하던 일을 멈추고 자신의 버킷 리스트를 점검해보는 사람이 있을 것이다. 세계여행을 떠나거나, 복수하고 싶었던 사람을 찾아가 한방 날린다거나, 고급차를 사서 마음껏 달려볼 수도 있다. 연인들은 일단 결혼부터 할 수도 있다. 반대로 이혼을 하거나. 마약에 빠지거나 성적 쾌락에 빠지는 등 온갖 타락에 도전할 수도 있다. 그리고 누군가는 자살을 할 것이다.

지난주 카트만두에서는 동남아시아 각지에서 몰려든 순례자 천 명이 거대한 장작더미로 걸어 들어갔다. 그들이 불구덩이 속으로 행진할 때 수도승들은 그 주위를 돌며 염불을 외웠다. 중부 유럽에서는 노인들이 '자살하는 법', 이를테면 '돌로 주머니를 무겁게 하는 법', '가정에서 수면제 만드는 법' 등이 담긴 DVD를 사고판다. 캔자스, 세인트루이스, 디모인 등 미국 중서부에서는 총기, 그러니까 총알을 뇌에 박는 방법이 단연코 인기다. 여기 뉴햄프셔 콩코드에서는 이유야 어찌 됐든 다들 목을 매 죽는다. 옷장에, 헛간에, 공사 중인 지하실에 시체들이 걸려 있다.

신참 형사 헨리 팔라스가 있는 도시 콩코드에서는 목을 매다는 자살이 유행이다. 맥도널드 화장실에서 발견된 보험 계리사 피터 젤의 모습도 영락없는 자살이었다. 하지만 팔라스는 타살이라고 의심한다. 젤의 누나인 소피아, 어린 시절 친구였던 제미티 투생, 직장 동료인 나오미 이데스를 탐문하면서 팔라스는 틀림없이 피터가 타살 당했다고 확신한다. 하지만 상황을 생각해보자. 곳곳에서 사람들이 자살하고 이미 사회 시스템은 엉망이 되어가고 있다. 연료가 없어 일반인은 차를 운전할 수가 없고, 휴대전화는 점점 불통이 되는 시간이 길어지고, 회사는 문을 닫거나 사장이 사라진다. 경찰들도 하나둘 퇴직을 하고 어디론가 떠나가거나 자살한다. 그럴 수밖에 없다. 당장 6개월 후에 그들에게 닥쳐올 미래는 이것이다.

가장 권위 있고 신뢰할 만한 과학 예언들에 따르면 앞으로 6개월여 후 지구에는 대재앙들이 서로 맞물리면서 연쇄적으로 일어나 전 세계 인구의 최소한 절반가량이 사망하게 된다. 히로시마 원자폭탄의 약 천 배와 맞먹는 10메가톤 급의 폭발이 일어나 지표면에 거대한 분화구를 만들 것이고 릭터 지진계에 도전하는 어마어마한 지진이 곳곳에서 발생할 것이고 상상을 뛰어넘는 높이의 쓰나미가 바다에서 치솟을 것이다. 그러고 나면 화산재 구름이 세계를 뒤덮어 암흑이 찾아오고 지구의 기온이 20도가량 하락한다. 곡식도 없고 가축도 없고 빛도 없다. 지난한 냉각의 과정이 살아남은 자들의 운명이다.

미래가 없다는 것을 알게 되면 어떤 일이 벌어질까? "사람들은 지금 분명하게 납득하기 어렵거나 아예 납득이 불가능한 동기로 온갖 일을 저지른다. 재앙의 맥락 속에서 사건을 파악해야 한다는 뜻이다." 그럼에도 팔라스는 지금 당장 눈앞에 있는 일을 해야만 하는 남자다. "예나 지금이나 변하지 않은 사람은 너뿐일 거라고 생각하는

데"라는 말을 듣는 팔라스는 끝까지 피터를 죽인 범인을 추적한다. 그리고 범인을 잡는다. 종말을 앞둔 세상일지라도 여전히 이상하고 잔인하고 이기적인 놈들은 넘쳐나게 마련이다. 아니 더욱더 자신들의 비루한 본성을 드러내며 폭주한다. "사람들은 끝도 없이 소행성 뒤에 숨었다. 마치 소행성이 자신의 몰염치한 행동을 무마하는 변명인 양, 치졸하고 필사적인 이기심을 정당화하는 구실인 양, 다들 엄마 치마폭에 숨듯 혜성 꼬리 뒤에 몸을 움츠렸다."

『모두의 엔딩』에서는 사건 자체가 그리 중요해 보이지 않는다. 사건을 수사하러 다니는 팔라스의 눈에 비친 세상이 더욱 의미심장하다. 파멸에 대한 공포는 사람들을 파멸시켰을 뿐 아니라 분노와 두려움에 사로잡히게 만들었다. 그리고 이상한 짓을 하도록 만든다. "니코, 피터, 나오미, 에릭, 다들 비밀을 감춰두고 있었고 다들 변했다. 4억 5천 킬로미터나 떨어져 있는 마이아가 자신의 경로에 우리 모두를 끌어들였다."

마이아가 오지 않았다면, 불확실할지라도 미래가 있다는 것을 알고 있었다면 아마도 그들은 평범하게 살아갔을 것이다. 마이아가 오지 않아도 지옥일 수는 있겠지만, 마이아가 온다는 것을 핑계로 그들은 너무 쉽게 지옥을 인정해버렸다. 『모두의 엔딩』을 보면서 끝없이 우울해지는 이유는 그것이다. 불안하고 불투명한 미래조차 없는 그들을 보기가 안쓰러워서. 어쩌면 우리는 이미 『모두의 엔딩』이 그리는 종말의 시대를 살고 있는 것일지도 모른다는 기분이 들어서.

하지만 상관없다. 팔라스는 그 악조건 속에서도 사건을 해결했고, 다음 사건을 또 맡을 것이다. "사람은 앞으로 어떻게 될 것인지 너무 많이 생각하면 안 되는 법이다. 정말 그래서는 안 된다." 벤 H. 윈터스는 『모두의 엔딩』이 3부작이라고 발표했다. 2편은 종말 77일 전이고, 3편은 충돌 직후의 상황이라고. 그러니까 팔라스는 자살하지 않고, 최후의 최후까지 일상을 지속해나갈 것이다. 팔라스가 어떻게 종말의 시간들을 견뎌내는지, 정말로 알고 싶다.

과거에서
현재를 배운다

「빙과」
요네자와 호노부

청춘, 고등학교 시절은 장밋빛인가. 요네자와 호노부의 『빙과』는 이렇게 시작된다. "고교생활 하면 장밋빛, 장밋빛 하면 고교생활. 이렇게 호응관계가 성립된다"라고. 하지만 정작 주인공인 오레키 호타로는 회색의 인간이다. 어디에도 참여하지 않고, 열광하지 않고, 고고하게 홀로 생각하고 움직인다. 오랜 친구인 후쿠베 사토시에 의하면 "호타로는 움직이기 귀찮아서 먼저 생각부터 하는 소극적인 녀석"이다. 호타로 자신의 말에 의하면 "안 해도 되는 일은 안 한다. 해야 하는 일은 간략하게" 하는 '에너지 절약주의자'일 뿐이고. 어느 쪽이건 비슷한 말인데, 사토시가 말하는 회색은 그리 부정적인 뉘앙스가 아니다. 만약 비판하고 싶은 생각이 있었다면 '무색'이라 했을 것이라

209

고 사토시는 말한다. 어쨌거나 『빙과』는 회색의 호타로가 "옆집 잔디밭이 더 푸르러 보이게 마련"인 세상 이치대로 조금씩 '장밋빛'에 다가가는 이야기다.

인도에 여행을 간 누나에게 편지가 온다. 지금 호타로가 다니는, 자신의 모교 동아리인 고전부가 폐부 위기에 있다며 가입해 달라는 것이다. 적만 두면 되는 것이고, 어차피 달리 하고 싶은 일도 없었기에 들어주기로 한다. 고전부의 첫날, 동아리실에서 지탄다 에루를 만난다. 삼촌이 다녔던 고전부에 들어온 에루는 모든 것에 호기심이 가득한 여고생이다. 사토시도 어쩌다 보니 고전부에 가입하고, 사토시를 좋아하고 어린 시절부터 호타로의 적수였던 이바라 마야카도 들어온다. 고전부가 네 명의 어엿한 동아리가 된 것이다. 결국 아무것도 하지 않아도 될 거라는 예상은 애초에 파탄났고 호타로는 계속 뭔가를 해결해야만 하는 혹은 풀어내야 하는 입장에 놓이게 된다.

지탄다 에루가 고전부에 들어온 것은 외삼촌 때문이다. 지금은 행방불명 상태인 외삼촌은 에루가 어릴 때 많은 이야기를 해주었다. 어느 날 외삼촌이 다녔다는 고전부에 대해 이야기를 해줬을 때 에루는 너무나 무서워서 울었다. 그런데 그 말이 무엇이었는지는 전혀 기억이 나지 않는다. 무서웠다는 사실만이 기억날 뿐. 이제 외삼촌은 실종 7년째이고, 그 기억을 찾아서 매듭을 짓고 싶다는 에루의 말에 호타로는 넘어간다. 그리고 사토시, 마야카와 함께 과거의 사건에 대한 단서들을 찾아간다.

요네자와 호노부가 2001년 발표한 데뷔작 『빙과』는 고등학생들이 주인공인 미스터리 라이트노벨이다. 살인이나 폭력 같은 엄중한 범죄가 벌어지는 것은 아니고 『빙과』는 과거의 사건을 '문서'를 통해 파헤치는 단순하면서도 정적인 이야기다. 고전부 부장이었던 에루의 외삼촌에 대한 단서는 과거의 문집에 있었다. 우선 문집을 찾아야 하고, 문집에 실린 '그 사건'에 대한 글을 찾아낸다. 그리고 다른 문서들을 찾아간다. 외삼촌을 찾아내면 바로 증언을 들을 수 있겠지만 불가능하니 과거의 흔적을 쫓아야만 하는 것이다. 찾아낸 단서들을 종합하고, 분석하고, 가설을 세워 합당한지를 검증한다. 필요한 것은 단서를 찾아내는 능력, 찾아낸 증거를 분석하는 능력, 가설을 세우고 검증하는 능력 등등이다.

하나의 사건을 해결해야 하는 고전부의 학생들은 저마다 캐릭터가 있다. 화자인 호타로에 의하면 '무척이나 개성적'이다. 후쿠베 사토시는 "쓸모없는 지식은 쓸데없이 풍부한 주제에 학업에는 관심이 눈곱만큼도 없다". 사토시는 역사, 과학 등 온갖 지식들을 자신이 원하는 방향으로 파고든다. 그런데 단점이 있다. "심원한 지식과 풍부한 정보를 갖추고 있으나 사용에는 무관심한 경향이 있다는 것." '데이터베이스는 결론을 내릴 수 없다'라는 말처럼 사토시는 일단 정보를 늘어놓기는 하지만 사건의 핵심으로는 들어가지 않는 경향이 있다. 이바라 마야카는 "자신이 틀리지 않았는지 항상 검증하기 때문에 자동적으로 성적이 상위권이다. 다만 더욱 연마해 최고의 경지에

달할 마음은 조금도 없는 것 같다". 마야카는 호기심이라기보다 사실을 의심하고, 상황을 검증하기 위해 도전한다. "이바라는 의심한다. 따지고 추궁한다." 정보를 모아놓고 분석하기 위해서는 반드시 필요한 인물이다. 상황이나 감정에 치우치는 경우도 없기 때문에 브레이크 역할도 종종 한다.

지탄다 에루는 "부품이 아니라 시스템을 알고 싶다고 말한 적이 있다. (…) 삼촌에 관한 이야기로 말하자면, 삼촌이 한 말을 앎으로써 지탄다는 삼촌이라는 시스템에 대한 인식을 보완하고 싶은 것이라 할 수 있을지 모른다". 에루는 그야말로 호기심 아가씨다. 그녀가 궁금한 건 단지 '사실'이 아니다. 그 사실을 통해서 전체상을 파악하는 것, 관계를 통해서 그 흐름과 변화를 지켜보는 것. 사토시가 하나의 사실을 파고든다면, 에루는 그 사실들이 쌓인 전체를 바라본다. 대신 에루는 현실의 작은 것들에 서툴고, 소홀하다. 그래서 '웬만한 사람 이상의 기억력과 웬만하지 못한 감'을 가지고 있다. 그렇다면 호타로는? 스스로 '나는 보통이다. 회색'이라고 말한다. 그의 행동에서 보면 일부분 맞는 말이다. 회색이라는 의미는 뭔가에 동조하지 않는다는 의미다. 호타로는 바라보는 것을 즐긴다. 그리고 에루가 보려고 하는 시스템의 이면을 꿰뚫어보는 통찰력이 있다. 그것이 탐정의 기본 요건이고.

'고전부' 시리즈의 1권인 『빙과』는 과거의 문집과 다른 정보들을 통해 1967년에 있던 사건이 무엇인지 밝혀내는 이야기다. 추리소설마니아였던 요네자와 호노부는 정통 미스터리의 요소들을 『빙과』에 한껏 담아냈다. 고전 추리소설인 앤서니 버클리 콕스의 『독초콜릿 사건』과 조세핀 테이의 『시간의 딸』에서 많은 영향을 받았고, 학교 축제의 이름인 '간야제'와 문집 이름인 '빙과'에도 수수께끼가 담겨 있다. 현실과 비현실이 미묘하게 겹쳐진 라이트노벨의 공간에서 본격 미스터리는 대단히 조화롭다. '고전부' 시리즈는 함께 출간된 『바보의 엔드 크레디트』에 이어 『쿠드라프카의 차례』, 『멀리 돌아가는 히나』, 『두 사람의 거리 추정』으로 이어진다. 작품 속의 시간은 고등학교 3년간이지만, 소설이 쓰여진 시간은 2001년부터 2010년까지다. 『빙과』는 단지 데뷔작이 아니라 요네자와 호노부의 지대한 애정이 담긴 원형이라고 볼 수도 있다.

『빙과』는 단지 게임으로 과거의 사건을 파헤치는 것이 아니다. 모든 것을 풀고 나자 그들은 조금씩 성장한다. 그들이 보게 된 것은 30년 전의 사건이다. 한 사람의 인생을 바꿔버린 사건. 그리고 지금과는 전혀 다른 시대. "일본 전역에 에너지가 요동치던 시대는 내게, 그리고 십중팔구 나와 같은 시대를 살고 있는 녀석들에게도 상상조차 어려울 것이다." 그 시대를 살았던 외삼촌은 에루에게 이렇게 말했던 것이다. "강해지라고 말씀하셨어요. 제가 만약 약하면 비명도 지르지 못할 날이 올 거라고. 그렇게 되면 전 산 채로……."

시대는 변했지만 인간의 조건은 바뀌지 않는다.

복수를 위해
인질극을 벌이는 여인

『살의의 쐐기』
에드 맥베인

에드 맥베인의 '87분서' 시리즈를 처음 읽은 건 동서추리문고의 『경관 혐오』였다. 누구나처럼 홈즈, 포와로, 브라운 신부 등으로 시작했던 추리소설을 탐독하다가 현실적인 경찰, 형사들의 이야기를 읽는 기분은 조금 색달랐다. 탐정은 대부분 자유인이다. 핑커튼 탐정 사무소처럼 기업에 속한 탐정들도 있지만 대개의 경우는 조직과는 거리가 있는 혹은 조직을 거부하는 사람들이 탐정이 된다. 그들은 의뢰가 들어오는 사건을 처리하고 자신의 가치와 원칙에 따라 움직인다. 그것이 돈이건, 명예이건 혹은 다른 목적이건 간에.

하지만 경찰은 다르다. 그들은 조직원인 동시에 시민에 대한 봉사와 보호의 의무가 있다. 맡기 싫은 사건을 거부할 수도 없고, 범인에게 동정이 간다고 해서 진실을 피할 수도 없다. 현대사회의 시스템이 확고해지면서 경찰의 임무는 더욱 막중해졌다. 최근 미스터리와 스릴러 소설을 보면 탐정보다는 경찰, 형사가 등장하는 작품이 주류를 이루고 있다. 한 가지 이유는 현대사회에서 탐정이 차지하는 역할이 줄어들 수밖에 없다는 것이다. 사회가 불안정할 때에는 일종의 장외 권력으로서 탐정이 등장하고 활약할 여지가 많았지만 사회가 안정될수록 경찰의 힘이 강해지고 중요해지는 것이다. 게다가 한국에서는 탐정이라는 직업이 법적으로 불가능하니 더욱 탐정소설이 나오기가 힘들다.

사건을 수사하고 범인을 체포하는 경찰 역시 인간이다. 일본에는 『제3의 시효』와 『얼굴』의 요코야마 히데오, 『은폐수사』의 곤노 빈처럼 경찰 내부의 복잡한 권력 다툼이나 인간관계 등을 잘 파헤치는 작가들도 있다. 그들이 파고들어가는 것은 '경찰'이라는 얼굴을 가진 인간이다. 권력 다툼에서 희생되거나 몰락하기도 하고, 조직의 안정과 보편적인 정의 수호 사이에서 길을 잃기도 하고 때로는 아주 사소한, 인간적인 약점 때문에 방황하기도 한다. 반면에 '영웅'적인 면모를 그릴 때는 경찰 내부에서도 독선적이고 어느 모로 보나 튀는 형사를 주인공으로 내세우는 경우가 많다. 아웃사이더가 되지 않는다면 경찰에서 자신의 직관과 추리만을 믿고 돌진하기가 쉽지 않으니까.

에드 맥베인의 '87분서' 시리즈는 경찰소설의 전범이라고 할만하다. 『경관 혐오』가 나온 1956년부터 시작된 '87분서' 시리즈는 2005

년의 『피들러Fiddler』까지 무려 50년간 이어진 시리즈다. 가상의 도시 아이솔라를 배경으로 하고 있지만 에드 맥베인은 시대 배경과 현실의 사건들을 충실하게 반영했다. 87분서 형사들은 당시 뉴욕 시의 인종 비율을 그대로 적용하여 다수의 백인에 흑인 하나, 유대인 하나로 구성되어 있다. 21세기 들어서는 9.11 사태 이후의 불안이 작품에 반영되기도 하는 등 에드 맥베인은 '87분서' 시리즈가 우리 현실의 이야기라는 점을 결코 잊지 않았다. 다만 시간이 흐르면서 등장인물들의 나이는 애매해졌다. 그들을 죽이거나 은퇴시키면서 새로운 주인공으로 채우는 방법을 쓰지 않았기 때문에.

그건 대중소설의 즐거움이기도 하다. 슈퍼맨과 배트맨이 나이 들지 않는 것처럼. 필명으로 『블랙보드 정글』을 쓰기도 했던 에드 맥베인은 필력이 대단했고, 자신의 방식으로 대중소설의 새로운 경지를 개척한 작가였다. 스티븐 킹의 찬사를 빌어 말한다면 "그는 장르소설에 리얼리즘을 성공적으로 결합시킨 최초의 작가였다. 대중소설의 한 분야를 창조했으며 1960년대에서 2000년대에 이르기까지 미국의 시대상을 충실히 반영했다. (…) 단순히 재미뿐만 아니라 시대와 문화를 솔직하게 반영하는 이야기를 어떻게 쓰는지 베이비붐 세대에게 가르쳤다. 그는 경찰소설이라는 장르를 개척한 사람 이상으로 기억될 것이고, 끝내주는 작가였다."

'87분서' 시리즈를 읽는 재미는 요즘 미국 드라마 범죄물을 보는 것과도 비슷하다. 〈성범죄수사대Law&Order : SUV〉, 〈CSI〉 등을 보면 보통의 경찰들이 나온다. 엄청난 추리력이나 신체 능력을 가진 '영웅'이 아니라 각자의 전문 분야를 가진 보통의 경찰. 그들은 서로 힘을 합하고 때로는 반목하다가도 계속해서 한팀으로서 사건을 해결하는 과정에서 자연스럽게 관계를 회복한다. 그들은 하나의 유사 가족, 공동체로서 기능한다. 때로는 등장인물이 죽거나 전근을 가고 새로운 인물이 합류하지만 드라마의 기본적인 구성이나 톤은 바뀌지 않는다. 시청자는 익숙한 구성의 이야기와 친숙한 등장인물을 통해 편안함을 느끼고 그들이 보여주는, 현실을 반영한 드라마틱하고 스릴 넘치는 이야기들에 귀를 기울인다.

『살의의 쐐기』는 1959년에 나온 작품이다. 한 여인이 38구경 권총과 니트로글리세린이 담긴 병을 가지고 87분서 형사실로 들어온다. 여인은 내근 중인 모든 형사들을 인질로 잡아두고는, 스티브 카렐라 형사를 기다린다. 감옥에서 죽은 자신의 남편을 체포한 카렐라를 죽이겠다는 것이다.

나는 정당한 일을 하는 거야.
꼭 해야만 하는 일이야.
그녀는 간단한 공식이라고 생각했다. 목숨에는 목숨. 내 프랭크의 목숨에 대한 대가로 카렐라의 목숨. 그것이 공평한 것이다.

총이라면 한 명 정도의 희생으로 더 큰 참극을 막을 수 있겠지만 문제는 니트로글리세린이다. 그것이 폭발하면 87분서 건물 전체가 무너져내릴 것이다. 그래서 꼼짝없이 건장한 사내들이 총과 니트로글리세린 병을 가진 여인 버지니아 도지에게 제압당한다.

그동안 스티브 카렐라는 거대한 저택에서 자살한 노인의 사인을 파헤치고 있다. 자살이 분명해 보이지만 어딘가 냄새가 나는 사건. 87분서에서 인질극이 벌어지는 동안 스티브 카렐라는 밀실 살인사건을 해결하는 것이다. 두 개의 이야기가 병렬적으로 펼쳐지면서 하나로 합쳐지는 구성을 에드 맥베인은 탁월한 긴장감으로 그려낸다. 때로 유머까지 섞어가며. 지금처럼 휴대전화가 있다면 이야기는 전혀 다른 방향으로 전개되었겠지만. 『살의의 쐐기』는 그야말로 '쐐기'처럼 독자의 마음에 빗장을 걸어두고 나가지 못하게 만드는 짜릿한 작품이다.

에드 맥베인의 소설은 무엇보다 문장을 읽는 재미가 각별하다. 상황을 설명할 때는 간결하고 정확하게 모든 것을 드러내고, 사람들의 마음을 묘사할 때는 적절하고 예리하다. 그리고 문장들의 흐름이 아주 좋다. 때로는 유머러스하게 때로는 싸늘하게 때로는 이성적으로 독자들을 자유자재로 이끈다. 이를테면 『살의의 쐐기』에서 중요한 역할을 하게 되는 코튼 호스가, 87분서에 대해 어떻게 생각하고 있는지를 이렇게 설명한다.

87분서로 전근을 오게 되었을 때, 그는 이곳에 강한 적대감을 갖고 있었다. 빈민가와 빈민가에 사는 사람들에게 거부감이 있었고, 이 형사실 사람들에게 거부감이 있었다. (…) 빈민가에서 사는 사람들도 같은 사람일 뿐이라는 사실을 깨달았다. 그들은 그와 똑같은 기쁨으로 즐거워했고, 그가 겪어본 적도 없는 불행으로 고통받고 있었다. 그들은 사랑과 존경을 원했고, 공동 주택의 벽이 동물 우리의 철창과 같지 않다는 것을 알았다. (…) 범죄는 범죄였고, 범죄의 악을 합리화하려는 87분서 형사들은 아무도 없었다. (…) 그들은 빈민가에 사는 사람들을 자동적으로 범죄자와 동일시하지 않았다. 도둑은 도둑이었으나 사람은 또한 사람이었다. 이것이 그들의 공정성이었다.

에드 맥베인은 뛰어난 대중소설 작가다. 『살의의 쐐기』를 읽으면서 다시 한 번 감탄했다. 마초적이고, 시대의 한계를 뛰어넘지는 못하지만 에드 맥베인은 자신의 영역 안에서는 누구와 맞서도 상대를 때려눕힐 수 있는 강인한 작가다. 하나의 공간에서 벌어지는 '작은' 사건을 이렇게 흥미진진하게 그려낸 『살의의 쐐기』만으로도 증명된다.

낙천성을 잃을
필요는 없다

「콜드 그래닛」
스튜어트 맥브라이드

열흘 넘게 주룩주룩 비가 내리는 장마철이 되면 기분까지 함께 눅눅해진다. 빗소리를 듣는 것도, 우산 위로 떨어지는 빗방울의 감촉도 좋아하지만 어쩔 수 없이 우울한 감상에 빠지게 된다. 나에게는 길어야 한 달이 겨우 넘는 장마의 경험밖에 없지만 한 달, 두 달이 넘게 비가 내리는 곳에 살고 있다면 어떤 기분일까? 시애틀에서 너바나와 펄 잼 등의 얼터너티브 록이 탄생한 이유는 비가 많이 와서 어딘가에 틀어박혀 있어야만 하는 기후 때문이라는 농담도 있었다. 덴마크 소설을 각색한 미국 범죄 드라마 〈킬링〉의 배경도 시애틀이다. 한 소녀의 죽음을 수사하는 형사의 2주간을 그린 〈킬링〉을 보는 건 정말 힘들었다. 이야기 자체는 몹시 재미있지만 너무나도 가슴이 답답하고 우울해졌다. 그들이 처한 상황, 그들의 치명적인 선택이 처절해서도 그랬지만 끝없이 내리는 비가 더욱 마음을 무겁게 했다.

스튜어트 맥브라이드의 『콜드 그래닛』을 읽으면서도 그런 기분이 들었다. 스코틀랜드에서 세 번째로 큰 도시, 애버딘을 배경으로 펼쳐지는 『콜드 그래닛』에서는 하염없이 비가 내린다. 처음 애버딘에 온 형사에게 누군가가 농담을 던진다. 이 비가 그치려면 적어도 몇 개월은 지나야 한다고. 그러자 그의 상사가 거짓말하지 말라며 덧붙인다. "3월까지 안 그친다고? 3월? 이 불쌍한 형사에게 거짓말하지 마. 여긴 애버딘이란 말이야. (…) 애버딘에서 이 빌어먹을 비는 그치는 법이 없지."

『콜드 그래닛』의 주인공 로건 맥레이는 1년 만에 경찰서로 돌아온다. 로건은 연쇄 살인마를 잡다가 그의 칼에 몇 번이나 찔려 꼼짝없이 쉬어야만 했다. 복부의 상처가 완치되지 않은 채 돌아온 로건의 앞에는 연이어 참혹한 사건이 벌어진다. 진흙탕에서 다섯 살짜리 남자아이의 끔찍하게 훼손된 시체가 발견되고 또 다른 남자아이가 납치된다. 현장에 복귀한 그를 마치 기다렸다는 듯이 사건들이 벌어지는 것이다. "자네가 복귀한 뒤로 두 아이가 납치됐고, 한 여자아이가 시체로 발견됐고, 한 남자아이가 죽었고, 항구에서 무릎뼈가 없는 시체 한 구를 끌어냈어. 이게 단 사흘 만에 벌어진 일이야. 애버딘으로서도 기적적인 일이라고."

거의 죽었다 살아난 로건에게 동료들은 '라자루스'란 별명을 붙여준다. 성경에서 예수가 부활시켜준 남자의 이름. 하지만 부활은 결코 행운만을 가져오지 않는다. 일 년 만에 돌아온 로건에게는 모든 것이 낯선 정도를 넘어 위협적으로 느껴진다. 일 년 전에 연인이었던 법의관 이소벨은 그를 더욱 차갑게 대하고, 새롭게 상사가 된 인치 경위는 그를 까칠하게 대하며 강하게 몰아붙인다. 지역 신문의 민완 기자인 콜린은 로건에게 접근하여 정보를 캐내려 한다. 사건들이 연속되며 상부의 압박은 더욱 심해지고, 수사 정보가 유출되어 지역 신문에 기사가 나오는 일이 연속되자 상황은 더욱더 꼬여만 간다. 서로 다른 사건의 범인들을 추적해야 하고, 내부의 밀고자도 찾아야 하는 상황 속에서 로건은 사랑의 열병에도 시달린다.

『콜드 그래닛』은 음울하다. 단지 비 때문만이 아니다. 죽어간 남자아이와 여자아이들. 세상에서 가장 약한 존재들을 향한 지독한 폭력. 이런 끔찍한 사건의 범인을 쫓는 건 단지 의무감 때문만이 아니다. 분노가 치밀고, 동시에 두려움이 인다. 지옥을 보는 것 같은 상황에서 도망치고픈 마음이 가득하지만 그 범인을 찾아야겠다는 욕망은 더욱 강하다. 여성, 아이, 노인 등에 대한 범죄만을 다루는 미국 드라마 〈성범죄수사대〉를 보고 있으면 의욕적으로 임무를 맡았던 형사들이 얼마 안 가 전근을 요청하거나 폭주하는 경우가 종종 있다. 도저히 감당하기 힘든 지옥도에 질려서 도망치거나, 어떻게든 범인을 잡기 위해 무리수를 두다가 쫓겨나거나, 법망을 피해 유유자적하는 범인을 직접 죽여버리기도 한다. 그럴 만도 할 것 같다. 〈성범죄수사대〉를 보면서도, 『콜드 그래닛』를 읽으면서도 단지 그 범죄들을 따라가는 것만도 힘이 든다.

하지만 세상에 어둠이 있으면, 빛도 있다. 『콜드 그래닛』은 음울한 사건들에도 불구하고 다정함과 유머가 넘치는 소설이다. 일단 주인공인 로건 맥레이는 어둡고 고독한 반영웅이 아니다. '라자루스'라는 별명을 대단히 불편하게 여기는, 영웅이라 불리는 것 자체를 꺼려하는 평범하고 사랑스러운 스코틀랜드 남자다. 냉정하게 대하는 이소벨을 보며 어쩔 줄 몰라 하고, 함께 일하는 왓슨 여경에게 매력을 느끼면서도 선뜻 다가가지 못하는 어설픔도 있다. 일에서는 누구보다 거칠고 냉정해질 수 있지만 '영웅' 로건 맥레이의 일상은 꽤나 안정적이고 부드럽다. 퉁명스럽지만 공정한 인치 경위, 경찰 부인과 늘 불륜에 빠지는 레즈비언 스틸 경위, 어쩔 수 없는 이유로 대도시에서 밀려나 지역 신문의 기자로 일하게 된 '재수 없는' 콜린 밀러의 복잡다단한 내면이 서서히 드러나는 모습을 보는 것도 흥미롭다. 그들의 딱딱한 외면은 어쩌면 '화강암' 도시 애버딘에서 살아가기 위한 가면이기도 하다.

『콜드 그래닛』은 스튜어트 맥브라이드의 데뷔작이다. 소설가 이전의 이력으로는 화장실 청소부, 그래픽 디자이너, 웹 디자이너, 컴퓨터 프로그래머 등이 있다. 스튜어트 맥브라이드는 "애버딘은 여기 나온 것처럼 정말 그렇게 나쁜 곳은 아닙니다. 제 말을 믿으세요"라고 독자들에게 신신당부한다. 물론이다. 『콜드 그래닛』에 묘사된 애버딘은 물론 범죄소설의 무대가 된 어떤 도시도 그 끔찍한 이면에는 다른 얼굴이 함께 존재한다. 잔혹한 범죄와 진척이 없는 수사에 지쳐 가는 로건은 문득 생각한다. "쏟아지던 폭우는 그치고, 대신 안개 낀 보슬비에 젖은 크리스마스 전등 불빛들이 흐릿하게 빛났다. (…) 유니언 스트리트에 있는 상점 창문에서 환호성과 싸구려 물건을 파는 시끌벅적한 소리가 흘러나왔다. (…) 풍경 전체가 축제 분위기에 들뜬 호박색과 반짝이는 흰색 조명에 잠겨 있었다. 그런 풍경에 가끔 그는 아직까지도 도시에 사는 이유를 깨닫곤 했다." 애버딘도, 서울도, 뉴욕도, 도쿄도 다 마찬가지다. 세상 어디나 지옥과 천국은 공존한다.

영웅이 없는, 아니 영웅 같지 않은 영웅이 등장하는 하드보일드 소설 『콜드 그래닛』의 강점은 인간미다. '어둡고 불쾌한 현실'을 그대로 보여주면서도, 그 현실에서 살아가는 사람들의 낙천성을 결코 잊지 않는다. 한없이 내리는 빗속에서도 살아갈 수밖에 없는 이유. 〈킬링〉의 마지막도, 너무나 잔인한 현실에서도 우리가 희망을 가질 수밖에 없는 이유였다. 『콜드 그래닛』은 몇 마디로 그 이유를 요약하지 않고, 로건과 왓슨 등의 일상에서 부드럽게 보여준다. 가장 끔찍한 현실과 함께.

폭력에 맞서는
여자들의 당당함

『나오미와 가나코』
오쿠다 히데오

사람이 사람을 죽인다는 것은 대단한 일이다. 전쟁이라는 특수한 상황도 있고, 사람 죽이기를 파리 잡듯 생각하는 악인도 세상에는 있다. 그래도 대부분의 경우 누군가를 죽인다는 것은 아무나, 쉽게 할 수 있는 일은 아니다. 하지만 세상에는 살인을 저지른 보통 사람들이 있다. 우발적으로 죽인 것이 아니라 의도를 가지고 누군가를 죽였지만, 평범하고 나약하고 심지어 착하기까지 한 사람들.

절친한 대학 동창인 나오미와 가나코는 사람을 죽였다. 살인을 한 그들은 착하고 평범한 스물아홉 살의 여성이다. 대학에서 서양미술사를 공부하여 큐레이터 자격을 취득한 나오미는 미술 전시회와 관련된 일을 하고 싶어서 백화점에 입사했다. 그런데 장기 불황 때문에 미술관과 행사부에 빈자리가 나지 않아서 지금은 반쯤 단념한 채로 외판 부서에서 VIP 고객을 담당하는 일을 하고 있다. 한편 가나코는 은행에 다니는 남자를 만나 결혼했다. 뜻대로 안 되고, 힘든 일도 있었지만 보통의 삶이었다. 아니 비교적 쾌적한 생활이었다. 남편이 폭력을 휘두르기 전까지는.

나오미는 설마 자신의 친구가 그런 신세가 되리라고는 생각지도 못했다. 가나코가 울며 이야기한 내용은 나오미의 상상을 뛰어넘는 것이었다. 흥분한 나머지 한 대 쳤다거나 물건을 집어던지는 수준이 아니라 생명의 위협을 느낄 정도로 위험한 것이었다. (…) 그녀가 다른 사람에게 폭행당한 것은 처음이었다. 부모에게도 맞은 적이 없다고 했다.

나오미와 가나코가 처음부터 살인을 생각한 것은 아니다. 가나코에게 이혼할 용기가 있었다면 일이 다른 방향으로 진행되었을 것이다. 합의를 하고, 위자료를 받고, 이혼을 해서 새로운 삶을 시작했을지도 모른다. 하지만 폭력에 오랫동안 길들여진 가나코는 마음속에 도피처를 만들고 숨어버렸다. '매 맞는 아내'의 체념이다. 이혼을 요구하면 자신을 죽일 수도 있고 자신의 가족에게 남편이 복수를 할 수도 있다는 두려움과 공포가 가나코를 굴복하게 만들었다.

나오미는 어머니를 폭행하는 아버지를 보며 자랐다. 어머니를 때리는 아버지와 그런 아버지에게서 벗어나지 못하는 어머니. 가족이 싫어 도망치듯 도쿄의 대학으로 왔던 나오미는 알고 있다. 폭력은 '그냥' 사라지지 않는다는 것을.

실제로 나오미가 제일 보고 싶지 않았던 것은 아버지의 폭력보다 엄마의 작은 동물 같은 눈이었다. 저항도 못하고 울지도, 소리 내지도 못한 채 계속 맞았다. 지배당하는 인간의 표정을 나오미는 어려서부터 알고 있었다.

나오미는 이케부쿠로 차이나타운의 여사장 아케미를 알게 된다. 처음에는 야비한 악당으로 생각했지만 살아남기 위해서라면 무엇이든 하는 중국인 특유의 국민성과 거침없음에 점점 끌려 들어간다. "분명 중국인에게 산다는 건 전쟁 같은 것이다. 그러므로 자신의 생활을 지키기 위한 거짓말이나 책략은 모두 정당방위가 된다." 나오미는 그녀에게 배웠다. 살아남기 위해서라면 당당하고 뻔뻔해질 필요가 있다는 것을. 그래서 나오미는 남편을 함께 살해하자고 가나코를 설득한다. 망설이던 가나코도 점점 담대해진다. 한 사람이 먼저 앞장서면 나머지는 수월해진다. 가나코는 나오미의 뒤를 따르면서 점점 자신감을 회복하고 나오미를 닮아간다. 오히려 때로는 나오미가 가나코에게 의지하게 될 정도로.

몇 초 후, 나오미는 빈 문자를 받고 몸서리칠 것이다. 가나코는 자신이 느끼는 것 이상으로 가슴이 아팠다. 나오미의 운명은 자신에게 달려 있다. 절대 자백해서는 안 된다. 가나코는 호흡을 가다듬었다.

오쿠다 히데오의 필력은 위풍당당하고, 나오미와 가나코도 점점 강건해지며 운명을 향해 앞으로 나아간다. 물론 사람을 죽이는 일이 그렇게 쉬울 리가 없다. 남편을 죽이고 나서도 그들은 여전히 벼랑 끝에 서 있다. 나오미가 아니고는 누구도 가나코의 심정을 이해하지 못한다. 그래서 그녀들은 끝까지 달려가야만 한다. 멈출 수가 없다. 그런 그녀들의 의지와 마음이 『나오미와 가나코』에는 진솔하게 담겨 있다. 읽다보면 그녀들을 마구 응원하게 된다.

세상에 죽여도 되는 사람은 없지만, 누군가를 죽여야만 살아남을 수 있는 경우는 분명히 존재한다. 그러니까 『나오미와 가나코』는 그런 상황에서 살아남은 여성들을 위한 찬가다.

/ 인용 도서 목록 /

『64』 요코야마 히데오, 검은숲
『감염유희』 혼다 테쓰야, 씨엘북스
『로스트 라이트』 마이클 코넬리, RHK
『불안한 남자』 헨닝 망켈, 곰
『스마일리의 사람들』 존 르 카레, RHK
『야성의 증명』 모리무라 세이이치, 검은숲
『침저어』 소네 케이스케, 예담
『대회화전』 모치즈키 료코, 황금가지
『봄에서 여름, 이윽고 겨울』 우타노 쇼고, 비채
『나는 살인자를 사냥한다』 배리 리가, RHK
『아이언 하우스』 존 하트, RHK
『이지 머니』 엔스 라피두스, 황금가지
『죽은 자들의 방』 프랑크 틸리에, 노블마인
『지우』 혼다 테쓰야, 씨엘북스
『귀동냥』 나가오카 히로키, 레드박스
『그녀가 그 이름을 알지 못하는 새들』 누마타 마호카루, 북홀릭

『매스커레이드 호텔』 히가시노 게이고, 현대문학
『좀비』 조이스 캐럴 오츠, 포레
『히토리 시즈카』 혼다 테쓰야, 씨엘북스
『레오파드』 요 네스뵈, 비채
『안녕, 긴 잠이여』 하라 료, 비채
『자물쇠가 잠긴 방』 기시 유스케, 북홀릭
『전몰자의 날』 빈스 플린, RHK
『제한 보상』 새러 패러츠키, 검은숲
『푸른 작별』 존 D. 맥도널드, 북스피어
『IN』 기리노 나쓰오, 살림출판사
『그림자밟기』 미야베 미유키, 북스피어
『모두의 엔딩』 벤 H. 윈터스, 지식의숲
『빙과』 요네자와 호노부, 엘릭시르
『살의의 쐐기』 에드 맥베인, 피니스아프리카에
『콜드 그래닛』 스튜어트 맥브라이드, RHK
『나오미와 가나코』 오쿠다 히데오, 예담

국립중앙도서관 출판시도서목록(CIP)

나는 오늘도 하드보일드를 읽는다 : 지은이:
김봉석. — 고양 : 위즈덤하우스, 2015
    p. ;   cm

ISBN 978-89-5913-951-4 03810 : ₩12000

하드 보일드 소설[—小說]
소설 평론[小說評論]

809.3-KDC6
809.3-DDC23   CIP2015021091

나는
오늘도
하드보일드를
읽는다

초판 1쇄 인쇄 2015년 8월 12일
초판 1쇄 발행 2015년 8월 20일

지은이 김봉석
펴낸이 연준혁

출판 1분사 편집장 한수미
책임편집 위윤녕 디자인 함지현

펴낸곳 (주)위즈덤하우스 출판등록 2000년 5월 23일 제13-1071호
주소 경기도 고양시 일산동구 정발산로 43-20 센트럴프라자 6층
전화 (031)936-4000 팩스 (031)903-3895
홈페이지 www.wisdomhouse.co.kr 전자우편 wisdom1@wisdomhouse.co.kr

값 12,000원 © 김봉석 2015 ISBN 978-89-5913-951-4 03810